# 天野さんの傘

山田 稔

*Minoru Yamada*

編集工房ノア

# 天野さんの傘　目次

装幀　林　哲夫

*

# 生島遼一のスティル

鴨川西岸の川べりを丸太町橋から二百メートルほど下ると、堤の上に生島家の庭の木戸が見えた。庭からは大文字の送り火で有名な如意嶽がのぞまれる。そこから逆に堤をさかのぼると、頼山陽の「山紫水明処」の旧跡、さらにはむかし志賀直哉がしばらく部屋を借りていたという旅館があった。

先生はこのあたりが大変気に入り、朝夕、散歩をしておられた。ここを〈鴨涯〉とよび、随筆集の題にも『鴨涯日日』、『鴨涯雑記』などと用いている。

その〈鴨涯〉のお宅をはじめて訪問したのはたしか一九五〇年の秋、私が大学の二回生のときだった。先生からは中級フランス語を習っていた。そのときは、私同様、仏文志望の友人が何人か一緒だった。応接間には入りきらないので奥の座敷に通された。どんな話が出たか憶えていない。

途中で奥さんが籠に盛られた丸いパンを持って入って来て、やさしい声でおっしゃった。「あなたたち、お腹空いているだろうと思って、そこの進々堂でパンを買って来たのよ」。そのかすれ気味の声とはきはきした東京言葉だけは、いまもはっきりと思い出すことができる。千代夫人は生れは神戸だが、お茶の水の女高師の出だった。

大学を卒業してからも何度かお邪魔した。ひところスピッツが家のなかに飼われていて、来客があると奥の間でしきりに吠えた。あるとき、私が帰ろうとして玄関に立っていると、戸のすきまから飛び出して来ていきなりふくらはぎに嚙みついた。鋭い痛みを感じ、ズボンをまくって見ると歯型がついていた。奥さんがしきりに謝り、消毒して下さった。先生は笑って見ておられた。

歯型はしばらく消えなかった。


大学を定年退職された後、一九七〇年代のなかごろから、毎年正月に年始の挨拶にうかがう習慣ができた。先生の指名で杉本秀太郎と私の二人が元日の午後二時、二日は能楽関係の人たち（先生は観世流の能の舞い手でもあった）、三日は私より五、六年下の、お気に入りの教え子たちと決まっていた。

午後二時の約束を、そのうち私は守らなくなった。自分の方が先に着いて一対一で向かいあうのをさけるためで、途中、時間つぶしをしたこともある。あるとき、杉本も来客か何かで家を出るのがおくれ、結局、二人とも一時間ちかく遅刻した。このときはさすがに温厚な先生も焦れて、二人の留守宅に電話をしたと後で知った。

私たちはいつも玄関わきの、本棚にかこまれた小さな応接間に通された。テーブルの上には、その日の話題と関連のある書物や画集が何冊か積まれてあった。いずれも最近読み返したごひいきの作家たち――フロベール、プルースト、ゴンクール、ユイスマンス、ロダンバック、日本のものでは谷崎潤一郎、中勘助、木下杢太郎、晩年はとくに泉鏡花だった。鏡花の装幀をした小村雪岱《せったい》、また広重の浮世絵が話題になることもよくあった。正月だからといって新春にふさわしい話、あるいはお好きな相撲や野球の話などに時間がさかれることはなかった。

先生はほとんどひとりでしゃべった。その話しぶりがあまりにも楽しげに見えるので言葉を挟むのもはばかられ、私たちは屠蘇がわりの葡萄酒のグラスに口をつけながら、神妙に拝聴した。それが二時間ちかくつづいた。このあと、夕方から桑原家で開かれる新年宴会の方に二人がまわるのを知っていて、遅らせてやろうと意地悪されているのではなかろうか、などと疑いたくなることもあった。

外がすっかり暗くなったころ、やっと放免されてお宅を辞した。門のところまで見送りに出て来られた先生が戸締まりをして奥に消えるのを待って、杉本と私は顔を見合わせ、「しんどかったなあ」とつぶやき、苦笑した。

先生の独演ぶりは〈鴨涯〉の外、たとえば料亭の座敷に場を移しても変らなかった。風呂敷に包んで持参した文献を前に、料理にはほとんど箸をつけず、また聴き手の反応を気にとめる風でもなく、ひとり上機嫌でしゃべった。

調子のいいときは食事の後さらに、お茶を飲みに行こうかと誘った。お茶であって、酒ではなかった。そのお茶を先生は英語で言った。それは「チー」と聞こえた。私たちは先生行きつけの喫茶店でそのチーをすすりながらさらに小一時間、たとえばウォルター・スコットとバルザックの歴史小説についてのお話を拝聴し、それからやっと私たちだけで酒場に足を急がせるのだった。

小説談義が好きで、楽しくてしかたないのだ。そう思ったのは私だけではなかったようである。「先生は小説のストーリィをしゃべっているとき一番活気がある」といったことを学生に言われたことがあるそうだ（「なぜ小説を読むか」、『鴨涯日日』）。

ところが別のところでは、次のように胸のうちを明かしているのである。

まだ教室で講義をしていたころ、途中でふと、「自分の話の空虚さだけをかみしめていることが度々あった。この空虚感の理由は、私自身の読書のときに感じていた快楽が、こういう公開の席、真っ四角な教室で、つとめて論理的になろうとしつつしゃべる間に、消失していることに気づくのである」。そしてこの快楽が消えたら、「一切はむだな、退屈なおしゃべり」にすぎなくなる。

大阪の北野中学で三年上級にいた梶井基次郎の小説を後に「何十回読んだかわからない」ほど愛読し（とくに好きなのは「城のある町にて」）、大いに影響をうけ、自分もあのような鋭い感覚の短篇を書きたいと考えたこともあった。「海と雪」と題する作品が、エッセイ集『水中花』に収められている。しかし書く方は早々とあきらめ、もっぱら読む側にまわった（後にエッセイの書き手となるが）。やがてヴァレリー・ラルボーのいう「罰せられざる悪徳」にふけるよろこびをおぼえる。友人の中国文学者吉川幸次郎から教えられた「書獃子《しょたいし》」を自己流に「読む阿呆」と訳し、自らそう任ずるにいたる。しかし「沈黙の愛書家」に徹することができない。教師としては止むをえまいが、おのれの快楽を他人に言葉で伝えようとこころみ、そのつど、そのかなわぬことを思い知らされる。

また、

「どんなに精密周到な分析や思想展開をおこなっても、自分のうちに感じた快楽を伝ええない焦燥。これは絶対に不可能な、内密の感覚。その事実を知りつつしゃべっているこことのむなしさ」(「書獣子のこと」、『春夏秋冬』)。

生島遼一は、そのようなむなしさ、孤独を知るエピキュリアンだったのである。

いつだったか病院に見舞ったときのこと。先生は意外にも、『映画千夜一夜』という本を私につよくすすめた。これは淀川長治、蓮實重彥、山田宏一の三人が外国映画について蘊蓄を傾けて語り合った八百ページもある本だが、先生は淀川長治のファンらしく、あの口調を真似てみせたりして私をおどろかせたものだった。

だが、後になって考えた。生島遼一と淀川長治。そういえば読書と映画のちがいこそあれ、孤独なエピキュリアンという点でこの両者にはどこか似たところがありはしないか。ダンディーぶりにおいてもまた。さらに――

いや、これ以上踏み込むのは控えよう。それが生島流というものであろうから。

他人の「私生活的資料」には好奇心がわかない（「人と作品」）。それは文学研究においても同様だった。小説の話をするさいにもテクストをよく読みこむことを第一とし、作者の伝記などはあまり重視しなかった。作家の人柄をよく伝えると思えるエピソードやゴシップのたぐいを紹介することもない。だからゴシップ好きの私には講義はあまりおもしろくなかった。

とはいえ恩師の落合太郎、親友の吉村正一郎、三好達治、桑原武夫らの思い出は書いている（「師弟のこと」）。また別のところでは片岡鉄兵および彼を介して知った東京の文士たち——横光利一、川端康成、広津和郎、宇野浩二、あるいは宇野千代、吉屋信子らについても触れている（「三人の女史」）。

宇野千代は生島訳の『クレーヴの奥方』が大変好きで、彼女の家の部屋ごとにその訳本が一冊ずつ置いてあったそうで、先生は感激した。それで後年、宇野千代が芸術院会員に選ばれたときお祝いの手紙を出したら『文学的回想記』がとどき、「三好さんのことなど出ていますから」と添え書きされていた。三好達治と生島遼一は仲がよかったのである。

その三好が戦前、鎌倉に住んでいたころ、生島先生が訪ねて行き、夕方ビールを飲んでしゃべっているところへ宇野千代がやって来た。一杯機嫌の三好が川端さんの家に行こうと言い出し、もう遅いからと二人が止めるのも聞かずに、結局三人で訪ねて行った。すると三好が生島先生に、川端さんと碁を打つよう命じた。先生は弱いが川端さんはつよい。辞退したが三好はおさまらない。

「しばらく黙然としていた川端さんはスーッと立つ。そして自ら碁盤をはこんできて私の前に据えた」。川端は戸惑っているが先生も同様で、結局、でたらめな手ばかり打ち頭を下げた。それでも川端は腑におちぬ風であった。三好と生島が言い争っているとき「黙ってスーッと」立上り碁盤をはこんでくる川端康成の姿が印象的である。

このほかに、私の好きな場面をもう一つ。

恩師落合太郎先生の奥さんの季子夫人には生島遼一のほか天野貞祐、和辻哲郎その他ファンが多かった。生島先生もよく家に遊びに行った。その夫人が病気で奈良の病院の一室に入院しているのを見舞ったときのこと。夫人が言った。

「生島さん、失礼だけどね、ちょっと外に出ていてくれない。わたし、おならがしたいの。さっき天野さんがこられてそれからずっと辛抱していたものだから」。それにたいし、

「「ご遠慮いりません、奥さん。私にそんなこと気をおつかいにならんでも」と笑いながら私は立って少し戸口に寄った。奥さんはこれから一週間後になくなられ、この会話が私たちのかわした最後の言葉になった」(「師弟のこと」、『春夏秋冬』)。

こういうエピソードも「私生活的資料」にふくまれるのかどうか。しかしこれくらいが限度で、先生はこれ以上は踏み込まない。そのかわり他人から自分の私事に踏み込まれるのも好まない。たとえば梅林で出会った見知らぬ人としばらく言葉をかわした後、名も告げ合わずにあっさり別れる(「*O, wind, if winter comes …*」)。人との交わりだけでなく、何ごとにも節度を守る。あっさりと、淡泊に。これが生島流なのである。

この流儀はおのずから文章にもあらわれる。若いころ愛読した白樺派の文人たち、とくに志賀直哉の文章の影響をつよくうけ、「平易な言葉のもつすがすがしさ」が好きになった。美辞麗句のたぐいをさける。形容詞、副詞あるいは比喩など文を飾るものはなるべく少くする。「泰山鳴動して鼠一匹」式の使い古された成句は「絶対に用いない」(生島遼一が「絶対に」ということばを用いるのはよほどのことだ)。翻訳の訳文についても同様で、妙に凝った「名訳」を嫌った。

「いい文章とは、いわゆる名文ということではなく、平明で、むだのない、そして読者に親切なわかりいい文章ということなのだ」（「なぜエッセイを書くか」、『鴨涯日日』）

これは生島遼一の人柄のあらわれである。師落合太郎の教えどおり「生き方そのものがスティル」なのだ。スティルとは「文体」であり、また「姿勢」でもある。生島先生は痩身の、背すじのすっとのびた方だった。そのスティルは最後まで変らなかった。

ところで少し前にもどるが、さきに引いた「師弟のこと」のなかにちょっと気になることが書かれている。生島先生は日ごろから師弟とは何かと自問していて、あるとき若い友人の一人にこう言ったことがあるそうだ。〈君たち、先生先生と気安く言っているが、こわいものだぜ。本当の師なら、それは悪い病気みたいなものかもしれん。影響が年をとってから出てくる〉と。ここを読んで、読み返して、ハタと考えこんだ。いまこれを書いているこの自分には、その悪い病気の毒がどれくらいまわっているのか、いないのか。

『クレーヴの奥方』、『赤と黒』、『感情教育』など、フランス小説のすぐれた翻訳で知られた。しかし〈有名人〉ではなかった。とくに晩年は〈鴨涯〉に引きこもり、ごく少数の人と接するのみで、愛書家として静かに暮らした。七十七歳で夫人に先立たれてからは、養女の香苗さんの運転する車で京都や奈良の寺々を訪ねた。最後のころは病院から自宅にもどり広重や春信の浮世絵をながめたり、夜は香苗さんに鏡花を読んでもらうのを楽しみにしていた。すこし体のぐあいのよい日には庭先に出て、鴨の河原の眺めに慰められることもあっただろう。

八月おわりのはげしい残暑のなか、岡崎の換骨堂でおこなわれた葬儀は簡素なものだった。弔辞の朗読は教え子の二人にかぎられ、弔電の披露はすべて省略された。供花、香典のたぐいもフランス文学会からのもの以外はすべておことわり。それでもとどいた花は、送り主の名札を取りはずして供えられた。

何年かぶりにほかのエッセイ集も合わせて読み返してみた。素直に、いいなと思った。その感じをどう言いあらわせばよいか。

少年のころ祖父にもらった銀の文鎮を思い出す話があった。しばらく忘れていて久しぶりに取り出してみると、表面が酸化して曇っている。小刀で削ると、下から美しい銀色の輝きがあらわれる。
これだろうか。

# 伊吹さん

あるとき古いスクラップブックをめくっていると、伊吹さんが現れた。羽織姿で腕組みをし、やや斜め下を向いて口もとをほころばせている上半身の写真で、説明文は「20年に及ぶ辞書づくりを振り返る伊吹武彦氏」。白水社から仏和大辞典が出た際のインタビュー記事である（京都新聞、一九八一年三月十一日付朝刊）。永年にわたる大仕事からやっと解放されて寛ぐ人の、しあわせな気分がこぼれ出ている、そんな笑顔である。

先生、お久しぶりです。

思わずそう声が出そうになった。

伊吹さんは一九六四年（昭和三十九）三月に京大を定年退官後、さらに二つの大学で教えはするが、この二十年間は他の四人の先生方と協同で仏和大辞典の編纂にかかりきりだった。

朝四時に起床、昼までの八時間をこの仕事にあて、その後一杯やる。

「伊吹は昼から酒を飲んでいるなんて言われましたが、四時から仕事をする私が昼に酒を飲むのは、九時に仕事を始めるサラリーマンが帰宅途中に一杯やるのと同じことですよね」

ところがこのペースが習慣となって、辞書が完成してからも元にもどらない。……昼酒で思い出した。あれは一九七〇年代のなかごろのことであっただろうか。当時、百万遍の近く、今出川通りと鞠小路とが交る角のところに「きもと」という飲み屋があった。定連が十名も坐るとカウンター席が一杯になる小さな店で、五十なかばのおかみさんがひとりでやっていた。昼には簡単な食事もできた。

ある日の昼さがり、私が入って行くと伊吹さんがいた。ワイシャツのうえからグレーのカーデガンを着て、他に客のいないカウンターに奥さんと並んで掛けていた。目の前に湯呑茶碗を置いて。

生白い顔がほんのりと染まっていた。

挨拶して、邪魔にならぬよう離れた席に坐る私にむかって懐しそうに微笑み、「このおかみさんとは古くからの馴染みでね」と言った。

静かに飲みおわるとベレーをかぶり「お先に」と声をかけて出て行った。奥さんが丁重なお辞儀をして後につづいた。

おかみさんが言った。

「ときどき奥さんとご一緒にお昼にやって来やはって、ここに預けてあるお湯呑みに一杯だけ、お燗をしたお酒を飲んで帰らはるんですよ。奥さんはお目付役。お医者さんに一杯だけと言われてはるそうですわ。むかしはよう飲まはったけど……」

学制改革のため、新制大学第一回の授業が始まったのは一九四九年（昭和二十四）の九月だった。配られた時間割で仏語初級文法の担当が「伊吹」となっているのを見て、私は興奮した。『ボヴァリー夫人』の訳者、またサルトルの紹介者でもあるあの有名な先生から、初級文法を習うのだ。

伊吹さんは宿酔で休講が多いそうだと、訳知り顔に言いふらす者がいた。だが実際はちがった。休講が多いどころか、ほとんどなかった。休講の多かったのは何年も前の三高時代のことだろう。

今年は普通なら一年かけるところを半年で終らねばならないのだ。宿酔で休んだりする暇はないはずだった。伊吹さんは最後の動詞の接続法の章まできっちり教えた。さすがだった。

伊吹さんの授業は朝一番、八時十分に始まった。教室は三高（当時はまだ残っていた）の正門を入って右手の、古い木造の四十番教室。百名ほども入れそうなその大教室に、文系の各学部のフランス語受講者がごった混ぜに入れられ、ざわめきながら待っていると、時間を五分ばかり過ぎたころ、眼鏡をかけ紺のベレー帽をかぶった背広姿の小柄な先生が足早に入って来た。そして早速授業にとりかかり、一時間五十分ひとりでしゃべって、またベレーをかぶってさっさと帰って行くのだった。時間が少し余ると、シャンソンを一曲歌ってくれることもあった。照れることなく、きれいな発音で歌った。これも授業の一部なのかもしれなかった。最初のとき、私たち新入生はあっけにとられ、拍手をすることも忘れていた。

大阪のある民間放送局の夜の番組で「唄うフランス講座」というのがはじまったのは、それから二年ほどたってからだった。夜おそい時間だったと思う。シャンソンの歌詞を、その曲に合わせて伊吹さんがアドリブで解説するのである。

〈L'Orchestre《ロルケストル》 Hortensia《オルタンシア》, s'il vous plaît《シル・ヴ・プレ》 !〉（楽団オルタンシアの皆さん、どうぞ）

このかけ声で曲がはじまるのだった。その声は弾み、舌は滑らかに、また鼻母音もいちだんとかろやかにひびいた。一杯やってきたな、などと私たちはうわさした。

この「講座」は好評で、毎週一回、足かけ七年もつづいたそうである。

シャンソンとともに伊吹さんの名はますますひろまった。何かの集まりで私が「京大の仏文です」と自己紹介すると、「あ、伊吹さんですね、シャンソンの」といわれたりした。何だか軽薄な感じで肩身のせまい思いをした。私はそのころはシャンソンでなく「インターナショナル」を歌う学生になっていたのである。

紺色のベレーをななめにかぶり、背広のポケットに左の片手をかるくかけ、薄い唇をへの字に結び、足早に歩く。小柄な体つきまで、何やらしゃれて見えた。

伊吹武彦に三つ年下の生島遼一、桑原武夫を加えた三人を、世間では「京大仏文の三羽烏」とよんだ。だがそのうち伊吹さんだけ羽の色がちがっていた。東大出というのもそのちがいのひとつだろう。

伊吹さんに『ベレー横町』と題する本があることは知っていた。そして読みもせぬのに、これほどぴったりの題はあるまいと勝手にきめていた。横町とはいうまでもなく横町の酒場である。

ところが「あとがき」を読んでみると、すこしちがっていた。

「専門のフランス文学を本通りとすれば、これはわざとそこをはずれたささやかな横町のおしゃべり集である」

酒とは関係がないのであった。たしかにこのなかには酒の話、酒席での逸話、失敗談などはほとんど出てこない。それは慎しみであり、また書き出したらきりがないからでもあろう。それでも「ベレー横町」と聞けば、横町の酒場を出入りする伊吹さんのベレー帽姿しか今でもうかんでこないのだが。

伊吹さんは学生が酔って声高に文学論、人生論のたぐいをたたかわすような〈不粋な〉店を避けた。横町の隠れ家的な小さな店をいくつか知っていて、ひとり静かに酒をたのしむのだった。ときには店の女にフランスの小咄を披露し、請われれば古いシャンソンを歌った。「巴里祭」、「巴里の屋根の下」。若いころ留学していたパリの日々に思いを馳せながら。

そのころ、つまり昭和二十年代のなかごろ、教室のコンパといえばたいていは牛肉屋の二階でのすき焼だった。主任教授の伊吹さんは毎回出席した。

会が終り店を出て、さて二次会はどこでと相談していると突然、伊吹さんがひとり足早に去って行く。やがて小走りになる。逃げた！　それ、つかまえろ、と学生が追いかける。

伊吹さんは意外と速かった。ある角をさっと曲る。後を追うがもういない。その姿はまるで夜闇に掻き消すように見えなくなっていた。近くには逃げ込めるような酒場も喫茶店も見当らない。しもたや風の漬物屋がひっそりと暖簾をおろしているだけである。学生は狐につままれたような気分で引揚げるのだった。

『ベレー横町』によれば、伊吹さんは酒に酔うと突然走り出す癖があったらしい。それを遁走癖とよんでいる。中学生のとき体操はいつも丙だったのに、このときだけは速く走れると。

だが、じつはただ走るのではなく、逃げたくもあったのではないか。二次会で左翼学生に政治問題でからまれたりするのがいやで、緊急避難用に隠れ家を横町にいくつか用意していたのだ。

漬物屋の店の奥がとなりの酒屋とつながっていて、そこで飲めるようになっている、そんなからくりを私たちが発見したのは、かなり後になってからであった。

この『ベレー横町』については、三高生のとき著者にフランス語をならった「怠け学生」の富士正晴が書評のなかでつぎのように書いている。「往年の美少年三高生、美青年の三高教授も今は美老年京大教授となられたが、その文章はいかに重大切実な問題をとり扱う時も、軽快さと、柔かな機嫌の良さを忘れることがない」（読売新聞、一九五八年十月十八日）。

「実におもしろく拝見　小生に関する部分は冷汗三斗　近ごろは　声が向うから聞えるほど飲まず　さびしいです　少々はたしなみますが」

このように始まる細字の万年筆でしたためられた葉書が手もとに残っている。日付は一九七五年十一月十四日、仏和辞典の仕事の最中だっただろう。

短いエッセイのなかで伊吹さんのことに触れたので送った。

あるとき私が宿酔で朝の授業をする辛さをこぼすと、伊吹さんが悪戯っぽい微笑をうかべて「自分の声が教室の向うの方から聞こえてきますナ」と言った、ほぼそんな内容だったと思う。それにたいする礼状だった。
葉書はつぎのようにつづく。
「深瀬氏のこと　感無量　クマタカのおやじさんもなくなったとか　〝京の西部劇〟（深瀬氏の造語）も役者が変りました
いつかカステーラをごいっしょに食べますか
御礼」

クマタカ（熊鷹）は、千本中立売西入ルの五番町（遊廓）の入口にあった英文学者深瀬基寛さん行きつけの酒場。深瀬さんが亡くなったのはそれより十年ちかく前のことだが、私は拙文中で熊鷹での深瀬さんを懐しく偲んでいたのであろう。

最後のカステーラ云々、これは何だろう。私が最近体調がよくないのでしばらく酒をひかえている、とでも書いたのか。

伊吹さんと「ごいっしょ」する「カステーラ」は、どんな味がしただろう。……

懐しさがこみあげてきて私は葉書を何度も読みかえした。「近ごろは、声が向うから聞えるほど飲まず　さびしいです」とある。「声が向うから聞えるほど」、それはもう無理だろう。それでさびしい？

私は〝京の西部劇〟の役者のひとりであったドイツ文学者の大山定一さんの言葉を思い出した。晩年、飲めるだけ飲んでもう酒は飲めなく、また飲みたくもなくなったときの気持を大山さんは「さっぱりした」と形容したのだった。「さびしい」という伊吹さんはまだその域に達していない。まだ飲み分がわずかながら残されていたのだ。何時だったか、百万遍近くの酒場でたまたま見かけた伊吹さんの昼酒の姿を私は思い出した。さびしそうには見えなかった。わずかばかりの酒、湯呑茶碗一杯だけの燗酒をゆっくりと味わう、ご本人のいうとおり「たしなむ」姿はじつに楽しそうに見えた。さもうまそうに、愛しむように。その姿に、こちらまで楽しく幸せな気分になってくるのだった。

やっぱり伊吹さんとは「カステーラ」などでなく燗をした酒を、最後の酒をごいっしょしたかった。〈L'Orchestre Hortensia, s'il vous plaît !〉往年の伊吹調を真似て私がさけぶ。一瞬、伊吹さんはおどろいたような表情で私の顔をみつめ、それからゆっくりと微笑みはじめる。やがて口許から小声で古いシャンソンが。A Paris, dans chaque faubourg ……

仏和辞典完成のさいのインタビューから一年半ほど経った一九八二年（昭和五十七）の十月十二日に伊吹さんは亡くなった。死因は腎不全。享年八十一だった。

当日の京都新聞に、仏文三羽烏のうちの二人、桑原、生島両先生の談話がのった。いずれも伊吹さんのすぐれた語学力、仏文学界での功績を讃えていたが、シャンソンについては一言も触れてなかった。

その日の午後おそく、私は下鴨北園町の閑静な住宅街にある伊吹家を弔問に訪れた。お宅にうかがうのはこれが三度目だった。最初は大学に入った翌年の元日に、友人に誘われて年始の挨拶に行った。伊吹さんは酒好きらしいから、正月の酒ぐらい飲ませてくれるだろうという期待はみごと裏切られた。運わるく先客があって、玄関先で新年の挨拶をしただけで引下ったのだった。

二度目は一九六六年六月のおわり。日づけを憶えているのは、その年の七月にフランスに留学するのでその挨拶にうかがったからだ。座敷に通され、三角形のウイロウみたいなのの上に小豆ののった和菓子を出された。手をつけずにいると、奥さんから、京都では六月のおわりに水無月というお菓子を食べる風習があるから、とすすめられた。結局そのときもフランス留学を祝って一杯というふうにはいかず、ひととおりの挨拶だけでお宅を辞したのだった。

伊吹家はまだひっそりと静まりかえったままで、中でお手伝いの人や大学の研究室の若い人たちが葬儀について相談しているらしい動きが感ぜられるのみだった。

私は座敷に通され、亡骸と対面した。夕暮の光のなかでおだやかな死顔に鼻が白くとがって見えた。

三男の基文氏が蓋付の湯呑茶碗を示しながら言った。

「父は最後のころ医者から止められていましたが、おひるにこっそりこの茶碗に一杯だけビールを飲んでいたんです。見つかりそうになるとあわてて蓋をして」

いつかの昼さがり、酒場で目にした湯呑茶碗がこれにちがいなかった。あのときはまだ酒だった。

「今晩はどうか一緒に飲んでやって下さい。父のために、皆さんが注いでやって下さい」

居合わせた者が小盆にのせた湯呑茶碗に、すこしずつビールを注いだ。

もうビールでなく酒がいいのにと思いながら、いちばん後から私も注いだ。あふれそうになるほど注いだ。

「おじいちゃん、今日はこんなに沢山注いでもらってよかったね」

そう話しかけて基文氏が盃を枕元に置いた。そのまわりで私たちも静かに飲みながら、〈ベレー横町〉の先生に別れを告げた。

＊

わが家の近くに葵小学校がある。伊吹家もこの学区にあるので、子供さんたちはこの小学校に通ったはずである。うちの子供もそうだが私はちがう。私がここに足をふみ入れるのは、今では選挙の投票のときだけである。

正門を入ってすこし行った右手の校舎の壁に、校歌の歌詞を刻んだ大きな陶板がはめ込まれている。暗い色をした陶板は人の目をひきにくく、来校者は見向きもせずその前を通り過ぎるだろう。かりに物好きな人が足を止め、そこに刻まれた歌詞を目でたどったとしても、しまいまでは行くかどうか。最後の下の方に、まるで遠慮したように「作詞　伊吹武彦／作曲　福本正」としるされているのだが、その文字は陶板の色にまぎれ、さらに目につかないのである。

葵の花の
葵の花の　うすむらさきに／夢もむらさき　ほのぼの匂う／夢ははるかに　のぞみは高く／自由にのびる　わたしらぼくら

この歌詞が作られたのはもちろん戦後の民主主義教育の時代で、それを念頭において伊吹さんは難しい漢字をさけ、さらに「わたしらぼくら」と男女平等をうたっている。夢と希望の時代だった、大人たちにとっても。初演はたしか昭和二十五年。

幼いころこの校歌をうたっていたうちの子供たちに、あるとき「それを作ったのは、お父さんたちが大学でフランス語を習った先生だよ」と教えたことがある。すると「ふうん」と言ったきり、とくに関心を示さなかった。

いま葵校の先生たちが何かの折りに生徒たちに、この校歌の作者は伊吹武彦さんという同じ学区に住んでおられた偉いフランス文学者だと教えることがあるのだろうか。「伊吹さん…それって誰？」若い先生自身そう問うのではあるまいか。

われらが伊吹さんのために、この機会に二番、三番の歌詞も紹介しておこう。

葵の庭に　おいたつこらは／光をしたう　緑のふたば／光もとめて　ただひとすじに／のばす明るい　すなおな心

葵の風の　ふきかうところ／心ゆるめず　正しくつよく／むすぶ手と手は　世界をつなぐ／平和の春の　花ぶさ花わ

葵　葵／ぼくらの葵／わたしの葵　葵校

# 長谷川さんの葉書

年末に小沢信男さんから贈られた『捨身なひと』という本を、懐しい思いで読んだ。ここで語られている花田清輝、中野重治、長谷川四郎、富士正晴、菅原克己、辻征夫らのうち富士正晴は別として、長谷川四郎には特別な思い出がある。長谷川さんとは一度だけ、京都で会った。そしてその後、何度か手紙のやりとりをした。

小沢信男さんへの礼状のなかで私はそうした過去の思い出を書きつづったついでに、長谷川さんからもらった「ミミズの這った跡」のような、ほとんど判読不能の葉書のことにふれた。長谷川さんは晩年病に倒れ、一九八七年（昭和六十二）四月に亡くなるまで長い療養生活を強いられた。その病床からの便りだったと思う。

そのころ私は、当時河出書房新社の編集者で後に晶文社から出た長谷川四郎全集（全十六巻）の編集責任者でもあった福島紀幸さんから、一度見舞いに行きませんか、もう相手が誰だかわからなくなっているようですがと誘われ、辞退したことがある。私の礼状にたいし、小沢さんから直ぐに封書で返事がとどいた。そこにはつぎのようにあった。

「長谷川四郎さんの末期は、ペンも持てなくなってからも長いものでした。お手許のミミズの跡は、絶筆に近いものかも。河出の福島紀幸氏のところへ四郎関係はあつめることにしています。もしお差し支えなければコピーを一枚、いただけませんか？私も拝見してから紀幸氏へ届けたく存じますが、いかがでしょう」

コピーなんかでなく、オリジナルを送ろう、そう咄嗟に決めた。その方が、私の手許にあるよりも確実に保存される。

そう決めると同時に、はて、その実物がはたして見つかるかどうか不安になってきた。私が小沢さんに「ミミズの這った跡」について書いたとき、それは私のあやうい記憶のなかにしか存在していなかったのである。

そうなると、もう一刻もじっとしていられなくなった。翌日から早速、家探しがはじまった。家探しとは大げさだが、つまり押入れのなかの手紙の束の山から問題の葉書を発掘する作業である。雑然と積み重ねてある手紙の入った紙袋のうち、作家や編集者からのものを調べてみた。しかし目当てのものは見つからなかった。

さては「ミミズの跡」は幻想だったのか。私は焦った。

手紙の束はもうひとつ別の場所、整理棚の引出しにも仕舞ってある。私にとって特別の思いのある人たちの手紙である。袋の表に記入してある差出人の名前を確かめながら発掘をつづけた。途中、袋と袋の間から、すっかり忘れていた女性からの手紙がぽろりと出てきたりして、しかし読みたくなるのをおあずけにして作業をすすめる。

残りわずかとなって、もう駄目かと諦めかけていると、あった！　一番下、まさに筐底深く、裸のまま輪ゴムで束ねられて。筆跡ですぐにわかった。

葉書が四枚に、雑誌「自由時間」発刊の挨拶状（印刷物）、およびそれへの寄稿を依頼する手紙（四百字詰め原稿用紙一枚）。葉書のうちの一枚は年賀状だが、中央に印刷された「謹賀新年／昭和五十二年元旦」および氏名住所のまわりの余白に、小さな字の書き込みがある。

輪ゴムが長い年月のうちに溶けて葉書の表面にゴム糊のように貼りついていて、はがそうとすると一部がくっついたまま残った。

全部に目を通してみた。どれも容易に判読できた。小沢信男さんが期待する「絶筆に近い、ミミズの跡」には程遠い。

葉書のうちの二枚には表の「長谷川四郎」とタテ書きされた差出人の名の下にヨコでなくタテの方向に、小文字のhではじまるローマ字のサインがあった。それは姓と名の間で跡切れることなくひと続きに螺旋状にくねくねとつづき、最後のshiroのoからは一筋の線が朝顔のつるのように上方に長くのびているのだった。

私が「ミミズの這った跡」と記憶していたのは、あるいはこのローマ字のサインだったのかもしれない。だが一方でなお、たしかに判読不能の葉書（ヨコ書きの）を目にしたという思いも打消しがたいのだった。あれは、やはり紛失したのか。それとも、まだどこか思いもよらぬ場所に眠っているのか。

とりあえずそれらの葉書類をコピーにとり、手紙を添えて実物の方を年末ぎりぎりに小沢さんに送った。

葉書の最初のものは一九七四年（昭和四十九）十二月十二日消印になっていた。その月のはじめごろ、小沢信男、長谷川四郎、花田清輝、佐々木基一らによる共同制作劇『故事新編』の京都公演（七五年一月）のための宣伝に、長谷川四郎と佐々木基一が京都を訪れ、ドイツ文学者の野村修や好村《こうむら》冨士彦らに会った。野村はブレヒトの研究・翻訳などを介して長谷川四郎と親しく、また好村は佐々木基一とは同郷（広島）で、ルカーチ研究などによって古くから親交があった。その人たちの歓談の席に、野村や好村と親しい私も誘われて加わり、夜、吉田山中腹の酒場「白樺」で歌ったり踊ったりして騒いだ。長谷川さんはその晩のことがよほど気に入ったらしく、そのうち東京の歌のグループと一緒になって、またこのような会をもちたい、と書いていた。

その葉書にはまた、「赤いパンタロンはたしかアラン・フルニエのル・グランモーヌにも出てきたように思います」とあった。それで思い出した。酔っぱらった私が店にあった女物の深紅のパンタロンをはいて踊ったことを。その姿のまま深夜帰宅して、家人に呆れられたことも。

年が明けて、小沢さんから礼状がとどいた。年賀状をのぞき今年の第一便であった。感謝の言葉の後、葉書の一枚々々について、簡単な註釈をかねた感想がのべられていた。一九七六年六月二十六日消印のものについては「この文面はじつにいいなあ」とあった。

それは小さな字でびっしり書かれていて、読み返してみて『北京ベルリン物語』への私の礼状にたいする返事であることがわかる。

その『北京ベルリン物語』を取出してみた。見返しの中央に細字の万年筆で大きく山田稔様と書かれた下に、例の螺旋状のくねくねしたローマ字のサインがなされている。このサインは小沢さんによれば「ご機嫌がいい」しるしだそうである。

この葉書によって私はまた、どうしようかと迷ったすえ、旧作『幸福へのパスポート』をお返しに送ったことを思い出した。長谷川さんは早速読んで「心のきずな」、「残光のなかで」、「銃殺された人たちの道」、「オンフルールにて」が自分は好きだ、「書いている人の生きている姿が目に見えて」心をひかれる、と書いてくれていた。また、こんど京都へ行ったら「赤いパンタロン姿」からアルフォンス・アレーの話を聞きながら一ぱい飲むのも楽しいだろう、とも書かれていた。この文面は私にとっても「じつにいいなあ」である。

最後の葉書は一九七九年八月三日消印のもので、「多年にわたる高血圧により片脚片手も不自由になり」とあった。「シラカバでしたか、吉田山の店はいかがですか。／時間がたつと小生もだいぶ回復するでしょう。そしたら京都に遊びにいってみたいと思っています。／みなさんによろしく」。筆跡はまだしっかりしていた。これにもご機嫌じるしのサインがあった。

長谷川さんとの再会の機会は、しかしついにおとずれなかった。「吉田山の店」は、いまは店を閉めているそうだ。そういえばあの歌と踊りの夕べの主役をはじめ佐々木基一、野村修、好村冨士彦そして店の主の高瀬泰司もみな早々と舞台を去った。ひとり残された私が、記憶の底を掘返している。

# 天野さんの傘

ある晩、Y君から電話がかかってきた。いま京都に来ている、べつに用はないが、ひまならちょっと会いたいと言うので承知した。だが適当な喫茶店を思いつかない。それでとりあえず、近くのスーパーマーケットで待合わせることにした。

Y君は大学のときの私の教え子である。専攻は社会学で、卒業後東京の小さな出版社に就職した。ながらく会わないが人懐っこいところがありときどき手紙をよこすし、こちらも返事を書く。それで気持は通じ合っていると私は勝手に思っている。

昼前から降り出した雨が、あいにく午後になって本降りになった。

Y君はさほど変っていなかった。ただ、以前はなかった小さなあごひげを生やしている。そのひげにも髪にも白いものが目につく。はにかんだような笑みをうかべて挨拶をした。これはむかしのままである。

スーパーのなかにはスターバックスの店があるが、いつも混んでいる。パソコンにむかっている男も見かける。しかし他の場所を探して雨のなかを移動するのも面倒なので、店内の、コミュニティーホールと称する地下のホールを利用することにした。ここには椅子とテーブルが置かれ、誰でも自由に使うことができる。〈グルメ・コーナー〉から飲み物を買ってきて憩っている人をよく見かける。殺風景といえば殺風景だが、静かなのがよい。

「何か買ってきましょうか」とY君が言った。「コーヒーぐらいはご馳走できますよ」

「いや、ぼくはいいよ。きみはどうぞ」

結局、二人とも何もとらず、閑散としたホールの簡素な小卓を挟んで腰をかけた。

Y君は今回は仕事で京都に来ていて、親戚の家に泊めてもらっていた。じつはしばらく前に会社を辞めて、今は独立して小さな出版プロダクションをやっているという。私はそれ以上詳しいことは訊ねなかった。彼の方も、先生の本を出させてくださいなどとは冗談にも言わない。

Y君はもともと口数の多い方ではない。私の方も隠居の身であるから、話題が豊富なはずはない。やがて二人とも黙りこんでしまった。

やっとY君が口を開いた。

「最近、どんなものを読んでおられます」

「本もあまり読まないというか、読めなくなってね。眼がわるくなったし」

これではあまりに愛想がなく、気の毒になって言い足した。

「まあ、ときどき天野さんのものを読みかえしたり……」

「『北園町九十三番地』でしたか、あれはよかったですね」

Y君の反応はすこしずれている。以前この本が出たとき、彼は早速読んでハガキをくれたことがあった。

「最初のフランス語の授業のとき先生が、京都に天野忠というえらい詩人がいるが、知っているひと、と訊ねられたら、手を挙げるものはひとりもいなくて」

「へえ、そんなことあったかね」私はすっかり忘れていた。

「ぼくもそのときはじめて、天野忠の名前を知ったんですよ。先生は黒板に「石」という詩を書いてくださって。いまも憶えていますよ。〈百九十米ほど　まっすぐに

跳んでみたい　と　かねがね思っていた石がいた……〉」

「〈しかし　跳ばないで　そこにいた。いまも　そこに居る〉」

と私が後をつづけ、二人で顔を見合せて笑った。

こんなふうにして時をすごし、私たちは別れた。

Y君はこれからよそへ回る用事があると言う。

「車でお送りしますよ」

借りた車でやって来ているのだった。

「いや、いいよ」

「雨が降ってますし」

「すこし歩きたいのでね。ありがとう」

Y君は店の出口までついて来た。

私は雨滴除けの半透明の雨袋から傘を抜き出し、降りつづく雨にむかって大きく開いた。

「立派な傘ですねえ」とY君が言った。

「天野さんの傘。……じゃあまた」

そう言って私は雨のなかに出て行った。

この傘は、天野忠さんが亡くなったときの香典返しの品であった。香典返しにこうもり傘というのは変っている。聞いたことがない。奇抜というか独創的というか、いずれにせよ思いついたのは遺族のだれかだろうが、天野さんらしくないこともないなと、一方でいくぶん納得したものだった。

傘は一見、真黒のようだが、明るいところでよく見ると黒にちかい濃い紫色である。布地は厚く丈夫そうで、かすかなつやをおびている。がっしりした茶色の柄はニスを塗ったように光っているが、これは薄い透明なビニールの膜に覆われているからである。その柄が、ふつうの傘よりも数センチ長い。そのせいで、傘全体がずいぶん大きく見える。重厚な感じである。折りたたみ傘に慣れた腕には当初、ずっしりと重く感じられた。その後もなかなか慣れることができない。というのは折りたたみ傘では間に合いそうにない本降りのとき以外には、用いないようにしているからである。外に持ち出すと盗られはしまいかという心配もあった。じつを言うと、もったいない気がして、最初の何年間かは実用品でなく記念の品として、傘立てではなく書斎の一隅に飾ってあったのである。もらってからすでに二十年ほども経っているのに、いまも新品のように見えるのはそのためだ。

ある雨の降る晩に、出町の市場のなかの行きつけの店で、編集工房ノアの涸沢純平さんと酒を飲んだ。涸沢さんとはむかし天野家を訪問した後で飲む習慣ができて、その後も年に二度ほどだが今もつづいている。涸沢さんは天野忠の詩集やエッセイ集を何冊も出していて、天野家との関係もふかい。

飲みおわって店を出ると、雨はまだ止んでいなかった。

私は彼の眼の前で、ぐいと力をこめて傘を押し開き、

「天野さんの傘」

と、見得を切って見せた。

「えっ、天野さんの傘？」

「ほら、以前に、香典返しにもらったでしょう、あの傘ですよ」

私は声をはずませて念をおした。

「そんなもの、ぼくもらってませんよ！」

「えっ」私は絶句した。

香典返しにはふつう、みな同じ品をもらうだろう。最近はカタログで品を選べるやり方もあるが、天野家ではそうではなかった。当然、涸沢純平も私と同じ大きなこうもり傘をもらったものと決めこんで、「あ、懐しいですね」といった返事を期待していたのだった。

そうではなかったのである。

では、彼は何をもらったのか。

訊ねてみたが、関心なさそうに「忘れましたよ」と笑うのである。そんな薄情な、という言葉を私は呑みこんだ。二十年もむかしのこと。私にしてもそれが傘でなければ忘れていたにちがいないのだ。

傘、それも今どきのしゃれた携帯用の傘ではなく昔のままの、いやそれ以上に堂々と立派なこうもり傘である。そんな品物が香典返しとして天野家からとどけられたときの意外さ、奇異な感じについていちど話してみたいとかねがね思っていたのだった。しかし香典返しの品について云々するのは失礼と考え直し、また先方も同様の気持であろうと推察して、今日まで口にせずにいたのである。

したがって、〈傘仲間〉だと信じていたその相手の口から思いもよらず、「そんなもの、ぼくもらってませんよ」という言葉がとび出すのを耳にした瞬間、私は突然、とんでもない夢から醒めたような、きょとんとした気分におそわれたのだった。

では香典返しにこうもり傘をもらったのは私だけだろうか。そんなことがあるだろうか。

涸沢さんの話では、天野さんの奥さんなら相手によって香典返しの品を変えることも、考えられぬことではないと言う。

私は天野夫人の顔を思いうかべた。瘦せた、もの静かな方である。私は個人的に親しくはないが、そんな奇抜なことを思いつきそうには見えない。いや、永年あのイケズな詩人と暮らしているうちに鍛えられたのか。「死んだ妻はよく眠ったものだ」とか、「五年前に妻は亡くなった」などと詩のなかで再三〈殺され〉ながら、しぶとく今日まで生きてきた方である。一筋縄ではいかないのかもしれない。

こんなことを想像しているうちに、私は自信がぐらつきはじめた。そもそも〈香典返しの傘〉というのが、滑稽な思いちがいではあるまいか。こういうことは最近よくあることだが。

そこで念のため、妻に訊ねてみた。「そう、天野さんの香典返し」彼女はためらう色も見せず、きっぱりとこう答えたのである。

これでひとまず安心した私は、以後しばらく傘のことを忘れてすごした。ところが最近になって、また気になりだしたのである。香典返しに私だけがこうもり傘をもらう、そんなことが実際にありうるだろうか。この疑問はやがて固定観念となって付きまとうようになり、ついに私はこの際、何とかけりをつけたいと思うようになったのだった。

さて、どうすればよいか。

天野夫人はいまも元気で、元のところ、私の家から歩いて十分足らずの北園町にひとり住んでおられる。しかしこんなことを直接、あるいは電話ででも訊ねるのは失礼だし、先方も迷惑だろう。なにしろ二十年も前のこと、忘れましたと言われればそれまでである。

しばらくあれこれ思い悩んだあげく、ある日私は決心して、長岡京市に住む長男の天野元氏に電話をかけた。事情を話し、何か思い当ることはないかと訊ねると、元氏は傘のことは憶えていないが、母なら相手によって香典返しの品を替えることはありえぬことではないと思うと、涸沢純平と同じようなことを言った。かすかな明りがさしてきた。元氏はつづけて、近く直美（元氏の夫人）が母の様子を見に行く予定があるから、ついでに訊ねて、何かわかったら電話すると約束してくれた。

一週間ほどして電話があった。香典返しの品は母と直美が相談して決めた。相手によって品物を替えたようだ。傘をもらった人は他にもいるかもしれない。

「母は元気にしていますが、なにしろ年ですから……」

秀子夫人は九十四歳だそうであった。

私のほかにも傘をもらった人がいるらしい。それは誰か。そこまでは調べる気になれない。第一、調べようがないのである。

確かなことは、私の手許に大きなこうもり傘が、〈天野さんの傘〉があるという疑いようのない事実である。

あれこれ思いをめぐらすうちに、次第に私はこんな妄想にとらわれはじめた。傘をもらったのはやっぱり私ひとりなのだ。あれは私への天野さんの贈物なのだ。……

世の中には、傘を持って出かけるとかならずといっていいほど乗物のなかや店で忘れてくるので、一本百円のビニール傘しか持たない（持たせてもらえない）人がいる。私はその逆で、傘を外に置き忘れたことがほとんどない。

したがって同じ一本の傘を何年も使いつづける。次第にそれは古び、方々傷んでくるが気にならない。もうそろそろ買い換えたら、と言われても、いやまだまだ使えると言ってボロ傘を手放さない。

ある雨の日に、私はめずらしくひとりで天野家を訪れた。いつものようにウィスキーをごちそうになり、夕方お宅を辞した。

門のところまで見送りに出て来た夫人が私の傘に目をとめる。小さな穴があき、骨が一本折れて突き出ている。〈山田さん、あんな古い傘さして。……うちのおとうちゃんのも古いけど、もうすこしマシやのに〉

その晩、夫人は天野さんにそのことを話す。

〈そやかて、山田さんの誕生祝いにこうもり傘あげるわけにもいかんしなあ〉しずかに笑いながら老詩人が言う。

天野さんの死後、夫人は自宅の茶の間で長男の嫁と香典返しの相談をする。外は雨が降っている。本降りの雨。〈足の丈夫なころは、こんな日でもおとうちゃんは散歩や言うて、好きなパンを買いに出て行かはったなあ。折角買うてきてあげたのに折りたたみ傘はきらいや言うて、古い大きなこうもり傘さして……〉
ふと夫人は、山田の持っていた傘のことを思い出す。あの折れた骨の突き出たボロ傘を思い出す。そしてまた、そのことで亡きひととかわした言葉を。〈そうや、山田さんには香典返しに傘をあげよう。おとうちゃんのさしてはったような大きなこうもり傘を。これなら、おとうちゃんも賛成してくれはるやろ……〉
車椅子のうえから、自宅のせまい庭に降る雨をじっとながめている天野さん。

庭のざくろの木が今年は例年になくたくさんの花をつけた。その朱色がかった赤い花がかすかに風にゆれている。その木の下蔭にひっそりとどくだみの花が咲いている。暗緑の葉のなかに花辨の白がぽっと灯っているようだ。子供のころ嫌っていたどくだみ、その花をきれいだと感じはじめたのは何時のころからだろう。
梅雨に入ってから、うっとうしい日々がつづいている。しかしまだ本格的な雨の日は訪れない。予報によれば、今日の午後から降りはじめるそうだ。空を仰ぐ。雲が厚みをまし、しだいに暗くなっていくように見える。降りはじめるのも時間の問題だ。

傘立てに入っている
黒い大きな傘をおとりなさい
実際、ときどきは
こうもり傘をさして
雨のなかを歩くのもいいでしょう

すこしは重いかもしれません
すこしは手が疲れるかもしれません
それでもかまわぬ　散歩なさい
できることなら一人でなさい*

その傘が年ごとに、月ごとに重みをましてくる。

*エーリッヒ・ケストナー作「雨の十一月」（板倉鞆音訳）の改作

# 古稀の気分

松尾尊兊

「もしもし山田さん？　黒田です。お元気ですか」

きまって夜の七時半すぎにかかってくるその京なまりの女性の電話の声は、このようにはじまるのだった。

「あ、はい」一瞬ひるんでそう応じると、

「ああよかった。この暑いのにどうしてはるんやろ思うて。お元気なら安心しました。それだけです。さいなら」と切ろうとするので慌てて「奥さんの方はお変りありませんか」と訊ね返すと、

「元気やけど毎日しんどうてねえ、お医者さんはどっこも悪いとこない言わはるんやけど」「そりゃ、もうお年ですから……」と、こんな風にすすむのだった。私より六

つ年上の、しかしとてもそうは思えぬ若々しく張りのある声である。

ところがその晩はちがった。

「もしもし、山田さん？　黒田です。松尾さん最近どうしてはるんやろ。電話も何も全然ないの。あのひと体弱いしねえ。電話してほしいって伝えてください、お願いします」で終った。たしか昨年（二〇一四）の八月か九月はじめのことだった。

考えてみると私自身、しばらく会っていなかった。しかし電話では何回かしゃべっている。

この前いっしょに黒田家を訪れたのは何時のことだったか。古いカレンダーを調べてみると、一昨年の十二月十五日の欄につぎのような記入が見つかった。「黒田2・30　花」

そうだ、あの日近くのスーパーの花屋で花束をこしらえてもらったのだった。花は真紅の薔薇。それをかかえてバスで西陣の今小路七本松の黒田家へ向かった。意外と時間がかかり十五分ほど遅刻した。自転車で先に着いていた松尾が黒田夫人と二人で家の前の小路にまで出て待っていてくれた。

この家を訪ねるのは何年ぶりだろう。五十年、いや六十年は経っている。むかしここは、松尾や私のほか京大人文研分館の助手たちの遊び好きが黒田憲治や多田道太郎らの先輩に連れられてやって来て、マージャンの手ほどきをうけた「教室」だった。早々と脱落した私とことなり、何度も足を運んだ松尾にとって、さまざまな思い出にみちた場所にちがいなかった。その後何十年もたって、あるとき彼が今でもたまに黒田夫人の「美しい声」を聞くために電話していると洩らすのを聞いた私が、それならあのころを憶えている今はもう数少くなった生残りとして二人で訪ねて行こうと提案したのだった。

黒田家の応接間で私たちは思い出話――「日本映画を見る会」のことなどに時を忘れた。まるで昔を思い出すためにこの場所を借りたかのようだった。気がつくと、いつのまにか外はすっかり暗くなっていた。あわてて暇を乞う私たちに、黒田夫人が近くの市場で買っておいた湯葉の炊いたのと塩昆布ともう一品、土産に持たせてくれた。松尾は奥さんが脳梗塞の後遺症で介護施設に入っていて自炊生活を余儀なくされている、そんな事情を知っての夫人の心づかいであったのだろう。

大通りまで見送りに出てくれた夫人に厚く礼をのべて千本通りに向かった。松尾も自転車を押して付いてきた。そしてバスを待つ間、私たちはしばらく立ち話をして別れた。

翌日わが家の郵便受に、花束代の半額が端数までそろえて入れられてあった。


黒田夫人の電話は私を不安にした。松尾の病気のことをどの程度知っているのだろう。しかしそう急を要することでもあるまいと私は考えた。彼とは千本丸太町のバス停で別れて以来たしか一度も会っていなかった。しかしあの日は元気そうに見えた。また、私はしばらく前にもらった論文によって、彼が戦時中、模範的な軍国少年であったことを知り大いに興味をかき立てられ、何度か電話または葉書で質問しては、その都度返事をもらっていた。それでもまだ訊ねたいことがあるので、ちかく電話しようと考えていたところだった。ところがちょうどそのころ私は富士正晴について講演する約束があり、その準備に気を奪われ、電話は講演がすんで気が楽になってから、と延び延びになっていたのである。

その講演が十一月一日に終り、電話をしたのは翌々日の三日の夕方のことだった。しばらく待たされてやっと出た。

声が異常だった。いまにも絶え入らんばかりに弱々しく「松尾です」と応じた。

「じつは三カ月ほど入院していてね、二、三日前に退院したところで……」

私は動転し、急いで黒田夫人の伝言をつたえると、

「わかりました。こちらから電話するからと伝えてください」と言った。

彼の病気は知っていた。それだけに病状を訊ねるのがこわく、見舞いの言葉もそこそこに急いで電話を切った。あの病で、いままた三カ月の入院そして退院、それが何を意味するか、いかに鈍感な私にものみこめた。

私が黒田夫人に電話し事情を説明したのは、二、三日たってからのことだった。

それからおよそ一月半たった十二月十八日付の京都新聞（朝刊）の片隅に小さく「大正時代の政治社会史研究の第一人者」松尾尊兊《たかよし》の死が報ぜられた。「悪性リンパ腫で十二月十四日に死去」と記されてあった。享年八十五。葬儀は近親者ですでに営まれていた。

松尾家のある修学院地区は私の家から歩いて行ける距離である。しかし私は弔問には訪れず、喪主の長男新氏にお悔み状を書いた。そして書棚に何冊かある松尾尊兊の著書のなかから『中野重治訪問記』（一九九九年、岩波書店）を取出し読み返した。

松尾尊兊が若くしてこの高名なプロレタリア作家と親しくなれたのは、彼が北山茂夫の弟子であったためであった。「先生のおかげで中野さんの知遇を得たということは、私の一生の重大事だったことと思います」と彼は北山宛の手紙で書いている。当時立命館大学教授の日本史家北山茂夫と中野重治は親友だった。

一九五七年（昭和三十二）の夏、中野が比叡山で講演をするため入洛したおり、松尾は北山に中野の案内役を頼まれる。大原方面をめぐった後、ロープウェイで比叡山まで送りとどけて帰ろうとすると電車賃がない。往きに中野の分まで払ったので懐が空っぽだったのだ。そこで仮眠中の中野を起こし、電車賃をもらって帰る。

この出会い方がいい。おおらかというか、どこかすがすがしい。そしてしょっぱなから二人をつつむこの友情の気配は、後の二人の間柄を象徴しているように私には思える。

その後、一九六四年（昭和三十九）五月に初めて自宅を訪問してから計三十三回訪ねて行き、そのうちの二十二回は談話のメモをとった。メモは帰りの車中で記憶をたよりに要点を手帳に書きとめておき、後で文章化した。それと往復の書簡（松尾から四十一通、中野から二十七通）、それに北山茂夫の談話や手紙をまじえこの二百ページほどの訪問記は成っている。

大正デモクラシーの研究家松尾が中野重治の役に立ちそうな資料をみつけてコピーを送る。一方、大正・昭和を共産党員として生きた作家が自らの貴重な体験を若い歴史家に語って聞かせる。最初のうちはそうしたいわばギヴ・アンド・テーク的な関係だったものが、回を重ねるうちに相互信頼から利害をこえた師弟愛、さらには友情とよびたい間柄にまで高まってゆく。

日本共産党を除名されるなど多難な政治的立場に置かれていた中野重治にとって、いかなる政治党派にもぞくさぬ誠実な学究との「雑談」は、心安まるひとときであっただろう。

上京の機会あるごとに松尾は中野に電話をかけ訪ねて行く。中野はいつもいやな顔をみせず相手になってくれた。中野の死後、妻の原泉から「松尾さんは中野が心を開いて語りえた一人でした」と言われた、それほどの信頼感をえていたのだった。

鳥取出身の松尾（高校は松江）、福井出身の中野、島根（松江）出身の原、この三人の間にはどこか山陰・北陸の素朴な人間、あえていうなら田舎者同士の共感があったのではないか、そんなことをふと私は考える。それに松尾には純朴、真面目なカタブツの一面のほかに育ちのよさからくるおおらかさ、晴朗とでもいうべき健康な明るさがあった。人から好かれるタイプである。

やがて中野家で身内扱いされるようになり、夕食をともにし、泊めてもらったりもする。うれしいことにこの実証主義的歴史家は中野家の夕食の献立をメモするのを忘れていなかった。一九七二年五月某日。

「蒲鉾の薄切り、サヨリとカツオの刺身、白魚と大根オロシ、牛肉のいため、酒はオールドパー」

なかなかの御馳走である。ただ酒はウィスキーでなく、日本酒であってほしかった。

一九七九年（昭和五十四）八月二十五日の早朝、ロンドンに留学中の松尾尊兊は電報局からの電話で起こされる。京都の妻からの電報だった。しかし「シゲマルシシス」と英語なまりで読み上げられる電文は何のことやらわからず、すぐに宿を出て国際電話で妻に訊ね、やっとわかる。「重治氏死す」。Shigeharu の h が m と誤記されていたのだった。敬愛する老作家の健康状態が思わしくないことはすでに知っていたが、こうも早いとは予想していなかったにちがいない。しかし偶然の小さなミスのおかげで、訃報の衝撃はいくらか弱められたのだった。

それでも、この衝撃は忘れることができないと彼は書いている。そのとおりだろう。しかし彼はそのときの胸のうちを感情をこめて長々と語ったりはしない。事実を淡々と記述するのみである。帰国後、中野家を訪ねた松尾と迎える原泉の間でも、涙の場面はない。少なくとも描かれていない。二人は故人の書簡の蒐集、蔵書の整理などの手続きといった事務的な相談をはじめる。それから彼は中野の残した原稿用紙を形見にもらって帰るのである。


「中野さんとの対談は、私にとっては「楽しき雑談」でした。何か質問のために行くとか、依頼するとか、具体的な用件はほとんどありませんでした。丁度むかしの中学生や高校生が教師の家に駄弁《だべ》りに行くようなものでした」(「序　中野重治と私」)

ここを読んでふと、自分がかつて天野忠さんを訪ねて行ったときのことを思った。泊めてもらうことをのぞき、ほぼこのとおりだった。いや、違いがもうひとつある。松尾はほぼ対等に「駄弁った」だろうが、私はもっぱら聴き役にまわっていた。

本の奥付を見た。「一九九九年二月二十五日　第一刷発行」となっている。思い当

るふしがあって、その年の日記を取出し、二月から三月にかけてのページに目を走らせた。すると三月八日の欄に、

「松尾尊兊『中野重治訪問記』を読みはじめる。なかなかいい。松尾の誠実な人柄がよく出ている。私が書きはじめた天野訪問記のようなものと同じものを考えていたのだ」という記述をみつけた。期せずして、かつての人文研の同僚同士がおなじようなものを書きはじめていたのだった。

さらに日記の三月十二日の欄には、つぎのようにあった。

「北園町」の(6)にとりかかる。

松尾『訪問記』読了。すぐれた文学作品をよんだような清々しい印象。名著である。

松尾君に手紙書く。

誠実、有能な日本現代史の学究にたいする秀れた文学者の信頼と尊敬の念。

感情を抑えた歴史家らしい筆致。

最後のところのあっけないほどのあっさりした終り方よい」

そして六日後の十八日。

「松尾君より礼状とどく」

早速、古い手紙の束を取出して探すと、案外簡単にみつかった。全部で六通、切手のはってあるのは一通しかない。他は彼自身が自転車で配達してくれたものである。まず郵送されたその一通からはじめることにした。

便箋二枚にブルーブラックのインクの万年筆で、つぎのようにしたためられていた。

「拝啓

過日は御懇書ありがたく拝誦しました。拙著をわざわざ求めていただき恐縮です。その上、御過褒のお言葉をいただきましたこと、作家たる大兄からのお言葉だけにとくにうれしく存じました。(以下略)」

これによって『中野重治訪問記』は寄贈されたのではなく、自分で買って読んだことがわかった。

手紙にはさらにつぎのようなことがしたためられてあった。この本が出ると肩の荷が下りたように急に「古稀の気分」になり、とても「中野重治とその時代」など書けそうにない。また「大兄」にすすめられたような「松田道雄訪問記」も無理だが、せめて身近に接した諸先輩の思い出は何とか一冊にまとめておこうと計画中だ。

「松田道雄訪問記」云々は私の尊敬する、そして若いころの松尾の肺結核の主治医であった松田道雄さんのことも『中野重治訪問記』のような形で書き残しておいてほしいと、私が注文しておいたことをふまえている。それは実現されなかったが、「諸先輩の思い出」の方は約束が守られた。五年後の二〇〇四年に同じく岩波書店から出た『昨日の風景　師と友と』がそれである。そのなかに「一患者から見た松田道雄先生」と題する短い文章が収められている。初出は一九九八年六月四日の「京都新聞」。これは追悼文で、私の注文以前に書かれたものだが。

右の礼状のなかで松尾尊兊はまた「古稀の気分」についてつぎのように書き足していた。自分の「白血病類似」の病は今のところひとまずおさまっている。一方、年来の約束の原稿がいくつもたまっているので、これからはこの「文債」と「持病」と共生しながら生きていくことになるだろう。近ごろ夜には、もうこの年だからよかろうとの口実で酒をなめるようにしながら古い映画をビデオで見ている。ビデオが二百本ちかくもたまって、とても見きれない。……

二十代のころ、私とともに人文研の「日本映画を見る会」の熱心な会員（彼は事務を担当していた）であった松尾の映画熱はまだ冷めていないようだった。だがビデオ二百本とは。ところで彼が夜ひとりで酒をなめながら見ていたというのはどんな映画だったのだろう。やはり日本映画か、それとも後にアメリカ、イギリスに留学した彼のことだから洋画ファンになっていたのか。そして最近は？　あれ以来ずっとビデオで映画を見ていたのか。「古稀の気分」はまだつづいていたのか。

あの日、黒田家からの帰り道、松尾尊兊はいくら言っても先に帰ろうとせず、自転車のハンドルに手をかけて私に付添うように一緒にバスを待ってくれた。年末にしては妙に暖かい曇り空で、それでも日暮とともに寒さが足もとからはい上がってきた。ふと私は彼の健康のことを思った。見かけはがっしりした体つき（高校時代にテニスの選手だった）に、つい病人であることを忘れてしまうのだ。

「その後、体の方はどうなの」

「いやね」と彼は俯き加減になって答えた。「例の悪性リンパ腫がこれまで三回再発したけど、薬が効いてね。こんどは副作用も少く。いまのところ何とか抑えて、まあ元気」

彼の口から病名を聞くのは初めてではなかった。しかしその凶々しさとそれを口にする口調の軽さ、穏やかさに毎度戸惑い、詳しいことを訊きそびれたというか、訊くのがこわかったのである。いまもそうだった。とくに痩せてもいず、顔色もわるくない。それに今日もはるばる遠いところから自転車でやって来たと知れば、どこに病気があるのかとまた忘れそうになる。

話題を転じようとして私は訊ねた。

「その後、映画見てる？」

「いや全然」彼は眼の前で手をかるく振って笑い、それからすこし間をおいて、「じつはね」と、なにか小さな悪事でも打明けるように声を落して「きみなんか見ないだろうけど、ちかごろ推理もののテレビドラマにハマってってね。サワグチ・ヤスコという女優がちょっといいなと……」

そう言って照れたような笑いをうかべたのだった。テレビドラマを見ないし、サワグチ・ヤスコと聞いても顔も思いうかばない私は、ただ黙って聞いているばかりで、話はそれで跡切れ、しばらく沈黙がつづいた。

ぽつりと雨つぶが頬に当った。

「もう行ってくれよ、雨が降ってきたみたいだし」

「いや、かばんのなかにビニールの合羽が入っているから」

「これから修学院まで、自転車で？」

「うん、この自転車は電動式でね」と彼は電動式を恥じるように笑い、それから再三の私のうながしにやっと、

「そんならお先に失礼します。これからちょっと寄って行くところがあってね。――今日はどうもありがとう」

そう言い残すとそばを離れ、自転車を押しながら道を向う側へ渡って行った。

# 裸の少年

風呂場の洗面台の鏡に裸が映っている。毎晩のことだから、ふだんはいちいち眺めたりはしない。それがそのときにかぎって、ふと気になった。

くもりを拭って眺める。

とがった肩の骨、浮き出した鎖骨と肋骨。洗濯板のような胸。

もともとひどく痩せている。それがさらに痩せた。

順調に無にもどりつつある。自然である。

その裸の姿は、どこかで見たような気がした。そしてすぐ思い出した。

古い写真アルバムのなかに、一枚のセピア色に変色した手札型の写真が見つかった。

パンツ一枚で直立不動の姿勢をとっている丸刈頭の少年。痩せて肋が見えている。

現在の私の裸に似ている。いや、現在の私の裸の方が少年の裸に近づきつつある。

この写真は、海軍兵学校予科受験用のものだった。当時十四歳、中学二年生の私はそのころ住んでいた吉田中阿達町の家から、熊野神社のそばに戦争末期にも営業していた小さな写真館まで歩いて行き、事情を話して撮ってもらったのだった。先日、バスの窓から見ると、その店はいまも「上田写真場」の看板をかかげていた。

昭和十九年（一九四四）の秋、私はこの写真の一枚を願書に添えて担任の教師に提出した。そして第一次（書類）選考にパスし、十二月はじめ、もうひとりの二年生のTとともに、三年生の受験生にまじって江田島へおもむき、筆記試験（たしか代数と幾何だけだった）と身体検査をうけた。結果は、私もTも不合格だった。

身体検査場で他の受験生の裸と見較べて、自分の体格のあまりの貧弱さに恥じ入った私は、こんなので合格するはずがないと半ば諦めていた。したがって不合格の知らせにもさほど落胆しなかったと思う。

ずっと後になってたまたまこのときの話が出たとき、老いた母は「不合格でほっとしたよ」とはじめて本心を明した。

いま、あらためてその裸の写真をながめて、こんな体でよくぞ軍の学校を志願したものだと感心する。一体、目方はどれくらいあったのだろう。

戦時に育った少年として、私は軍国少年ではあった（小学校入学の年の七月に〈支那事変〉が始まった）。しかし中学では軍事教練のほかはとくに軍国主義的教育をうけたおぼえはない。国のため、天皇陛下のために命を捧げる覚悟、殉国の思想などなかった。

私が兵学校予科を志願した動機はつきつめていえば、英語の勉強がしたいためであった。

当時つまり昭和十九年ごろ、私たち中学二年生は農村の勤労奉仕や防空壕掘りにかり出され、まともな授業はうけられなくなっていた。そこへ、兵学校ではまだ英語の授業が行われているらしいという噂が英語好きの私の耳に入った。それなら、いっそのこと兵学校に行った方がましだ――そんな幼稚な計算がはたらいたらしいのだ。戦争は間もなく終るらしい、という予感（予感だけでなく噂）もあった。父も、兵学校なら受けてもよいと許してくれた。

だが真の動機は何であれ、自由主義的な校風の中学（京都一中）にいて、誰からもすすめられず、みずからすすんで二学年から軍の学校を志願した、その事実は後までも胸に重く残った。戦後、民主主義の社会に暮しながら私はそのことを忘れたことがなかった。大げさに言えば、それはどこか「前科」の意識に似ているように思えた。

後に自筆の年譜を作成する必要が生じたとき、不合格だった以上、ことさらそのことを記入する必要はあるまいと考える一方で、省けば隠したことになりそうな気がした。省いたまま忘れてしまうのではなかろうか。迷ったあげく、記入することにきめた。おまえは過去に軍の学校を志願した人間なんだぞと、自分自身に言いきかせるような気持で私はその項目を書き加えた。

それから何年も経ってすでに古稀をすぎたころ、数人の若い友人と雑談していて話が戦争中のことにおよんだとき、「山田さんは戦争中どんな少年でしたか」と問われ、あっさりと「軍国少年でした」と答えた。そう答えながら、しかし何かひっかかるものを覚えた。その「ひっかかるもの」は、その後しばらく消えなかった。

何だろうと考えた。「軍国少年でした」という答とそう答える私の気持の間にわずかなずれが、すきまがあるような感じがしたのだ。強いていえば、嘘をついたような後ろめたさ。

そしていま八十をすぎて、何十年ぶりかであの裸の少年の写真をながめていたとき、あらためて私は自問したのである。一体、自分の「軍国少年」とは何だったのか。

私はTのことを思い出した。むかし受験のため、いっしょに江田島に渡ったもうひとりの二年生のことを。彼はいま、当時のことについてどんな思いをいだいているのだろう。はたして憶えているだろうか。

Tがいまも京都市内に健在であることを知ると私は彼に手紙を書き、むかし兵学校を受験したときのこと、志願の動機などをたずねてみた。

すぐに返事がとどいた。彼は私よりもたくさんのことを憶えていた。私たちが近くの民家に分宿したこと、翌朝「全員起こし、五分前」の掛け声で一斉にとび起き、兵学校まで駈け足、グランドで、ライトによるモールス信号の練習をさせられたことなど。

海兵志願の動機については、つぎのようにのべていた。戦争がつづくかぎりはどのみち軍隊に取られるのだから、そのときは〈幹候〉（幹部候補生）か〈海兵〉がいいと考えていたような気がする。岩田豊雄（獅子文六）の新聞小説『海軍』の影響もあったことは確だ、と。

軍のエリートコースを選んだという点で私と似ていた。[*]『海軍』は私も読んで影響をうけたにちがいない。これは全国の少年についてもいえることだったろう。私の場合は生れ育った北九州の港町の影響がつよかったと思う。軍隊といっても海軍のことしか念頭になかった。

＊小沢昭一は『わた史発掘――戦争を知っている子供たち』のなかで、麻布中学三年生で「赤誠あふれる憂国の純情少年」であった自分が海兵を志願した動機について、心の奥ではどうせ軍隊にとられるのならエリートコースの方がいいと考えていたと告白している。

（追記）その海兵（予科）では英語教育が熱心で、授業中は日本語禁止、辞書も英英辞典を使用させられた。体操の時間の号令まで英語で、たとえば「深呼吸」はDeep Breathing！といったそうである。おなじころ（一九四五年四月入学）海兵の予科生として長崎県の針尾分校で学んだ高林茂氏によれば、英語はアメリカのシアトル出身の日系二世の人が発音を指導、朝礼で桃太郎のような小話を英語で聞かせたそうである（「ゼロからの希望　戦後70年」京都新聞、二〇一五年二月二日朝刊）。

一方、同時期、江田島で本科一年生として教育をうけた人の話によると、入学後間もなく敵機の空襲にそなえて校舎の建物の解体、疎開、近くの山に横穴を掘っての防空壕作りなど土木作業ばかりで、英語の授業をうけた記憶はないそうである。そうだとすれば短期間にせよ英語の授業をうけられたのは、針尾分校の予科生だけだったことになる。

宮田昇著『敗戦三十三回忌 予科練の過去を歩く』、こういう題の本がみすず書房から送られてきたのは、ちょうど右のような過去の体験を反芻しているときだった。添えられた編集者Kさんの手紙には山田先生が興味を持って下さるかもしれないと考えて、とあった。

著者の宮田昇については少しは知っていた。戦後日本の著作権問題にふかくかかわった出版人・翻訳家で、以前に『戦後「翻訳」風雲録』という大変興味ぶかい本を読んだことがある。私より二つ年上の一九二八年生れだが、予科練の出身者であるとは意外であった。

自分の関心は海兵で予科練ではないのだが、と思いつつ目次に目をやると、冒頭に

「軍国少年」という打ってつけの章がある。早速読んでみた。

著者によれば、「軍国少年」とは広義では、太平洋戦争中に忠君愛国の軍国主義的教育をうけた少年をさすが、狭義では「その教育ゆえに天皇のために戦って死ぬのだと信じて疑わなかった少年、すなわち「予科練」のようなものに志願していったものを指していた」。

「だが、同年で一年後に海軍兵学校、陸軍予科士官学校にすすんだ少年たちは戦後、「軍国少年」といわれることはなかった。彼らは、旧制高校、大学予科、高専へ進学するのとおなじく、上級学校に入学したものと自他ともに認められているからである」

この分類によると私（およびT、小沢昭一ら）は広義の「軍国少年」ではあるが、海兵などを志願したゆえに戦後に「「軍国少年」といわれることはなかった」少年群にぞくすることになる。

ところで狭義の「軍国少年」たちが殉国の情にかられて志願した予科練（正式には海軍飛行予科練習生）では戦争末期に必要な人員を確保するため、国のため天皇のために死ぬ覚悟のある少年、「極端にいえば五体満足で読み書きができればだれでもよい」そんな少年を大量に採用した（最後のころは十万人以上。一方、海兵予科でも増員がおこなわれたが、それでも経理学校をふくめ四千人）。予科練に採用された少年の多くは特攻隊員として無駄な死を強いられ、あるいは憧れの飛行機に乗ることさえできず（訓練用の飛行機がもはやなかったのだ）、滑走路や防空壕建設のための土木作業に狩り出された。宮田昇もそのひとりだった。このように予科練生は軍の上部によって最初から「消耗要員」とみなされていたのである。

これにたいし兵学校では戦争末期はべつとしてエリート教育がおこなわれていた。彼らは「消耗要員」どころか、戦後日本の再建に必要な人材として大切に扱われていたというわけである。

これに関連して保阪正康氏が「ちくま」に連載中の「戦場体験者の記憶と記録」の第二十一回（二〇一五・五）のなかで、つぎのような話を紹介している。特攻作戦では陸海軍合わせておよそ四千人の特攻隊員が死んでいるが、第一回の出撃に参加したのは多くは学徒兵、少年兵だった。なぜ海軍兵学校あるいは陸軍士官学校出身のパイロットが率先して参加しなかったのかと、特攻作戦に関わった元参謀にたずねたところ、彼らは育成するのに大変な元手がかかっていて、簡単に死なせるのは国の大きな損失となる。一方、学徒兵、少年兵らにはカネをかけていない。これが戦争というものだ。――ほぼ以上のように答えたという。

右のような差別は、入学前からすでに露骨に示されていた。経済学者の宮本憲一によれば、台湾の中学から海兵（たぶん予科だろう）に合格した彼（ら）は昭和二十年（一九四五）三月にゼロ戦二機に護られた輸送機で台湾から博多に運ばれた。一方、同じころ予科練合格者は駆逐艦で本土に送られ、その途中アメリカの潜水艦によって撃沈されたという（「人生の贈りもの」、朝日新聞、二〇一三年十一月十二日付夕刊）。

このように、狭義の軍国少年から見れば、海兵（予科）を志願した私たちは「軍国少年」の名に価しないエリート（のたまご）ということになる。私がひきずってきた軍国少年としての居心地のわるさ、いわば軍国少年コンプレックスは、少年の胸にすでに兆していたエリート志向を恥じる気持、特攻隊員として死んでいった自分とほぼ同年の少年たちへの後ろめたさなどの入り混じったものにちがいなかった。

この話はひとまずこれで終りにするつもりで、適当な締めくくりの文章を思いつかぬまま、原稿をしばらく寝かせておいて何カ月か過ぎた。

するとそのころ、ちょうど『敗戦三十三回忌』の場合と同様のふしぎなタイミングで、むかし京大人文研で同僚であった日本近現代史研究者の松尾尊兊から、しばらく前にこんなものを書いたのでといって「戦中工場学徒勤労動員日記」（上、下）*の抜刷りをもらった。そしてそれを読んだのがきっかけとなってというか、それにうながされるようにして、右の文章の続きを書く気になった。以下、話はまたすこし逸れて戦時中のことにもどる。

＊「鳥取地域史研究」第九、第十号、二〇〇七～八。

私がもらった論文は、旧制鳥取一中の三年生であった松尾尊兊が、昭和十九年十月から翌二十年九月十六日まで軍需工場に動員されていた日々の日記にもとづいている。その「解説」のなかで彼はつぎのように書いていた。

「私の日記はおそらく軍国少年中の軍国少年の日記として位置づけられるのではなかろうか」

宮田昇の著書によって「軍国少年」失格を自認していた私は、私とほぼ同年（彼は一つ年上）の中学生の「軍国少年中の軍国少年」ぶりに大いに興味をそそられ、早速目を通してみた。そして昭和十九年の秋、彼が海軍経理学校予科を志願していることを知った。じつは兵学校へ行きたかったのだが、眼がわるいので断念したのだそうである。

（昭和十九年）十一月十七日（金）晴

（前略）帰宅後、海経不合格の事を聞く。別に落胆せず。海経の困難なることを感ず。実際、小生より劣れるもの海兵に入りし由、口惜し。然し、我本来の希望たる文科への道に邁進せんことを期す。（以下略）

「軍国少年中の軍国少年」を自認する松尾尊兊も、不合格によってとくに落胆していない。むしろ「本来の希望たる文科への道」へと向学心をふるい立たせるのである。宮田昇の観点からすれば、彼もまた狭義の「軍国少年」失格ということになるだろう。だが日記の他の箇所には例えば平泉澄の著作に感動したとか、かつて血盟団の井上日召の弟子であった人物に予科練の生徒から紹介された、といった記述がある。それから見ると、ひっそりと古い「英語青年」などを読んでいた私などより「軍国少年度」

は高いというか、精神的にみてやはり「軍国少年中の軍国少年」と自称する資格は十分あったというべきだろう。

では、松尾は敗戦の日にどんなことを書いているか見てみよう。

八月十五日（水）晴

噫！　遂に大東亜戦争終局す。

正午の天皇陛下の御親らの大詔奉読を拝し、我等云ふべきことなく、たゞ涙滂沱と流るのみ。総ての努力は遂に水泡に帰したり。然れども我等は敗れたるにあらずして又敗れたり。陛下の民草を見給ふ大御心の深さを思へば、我等の不忠こゝにきはまれり。而うして、承詔必謹は臣の道なり。かくなる上は、あらゆる困苦をしのぎ、臥薪嘗胆誓って皇国隆昌を図らんとするものなり。今に見よ、必ずや〳〵仇を取り、大御心を安んじまつらんことを期す。

これを当時私もつけていた日記と較べてみる。参考までに八月十五日以前のところからすこし見ていくことにしよう。

「七月一日　日曜日　曇後雨　起床六・四十、就九・半
起床と共に激しい空腹を感ず」

「空腹」、これが当時の私の生活の基調だったのである。そのせいか、食べものにかんする記述が多い。戦況にかんするものも毎日のようにあるが、それは申し訳程度だったろう。食べざかりの少年にとって、戦うべき相手はアメリカよりもまず飢えだったのである。家庭菜園でとれたトマトや南瓜で腹をみたしたとか、動員されていた工場で配給された食料品としてカレー粉二箱とか、塩漬けの魚三尾などとこまかいことが記されている。また雲丹（七円）にはウジがみつかったといったことも。

一方、七月十二日には「ジキール博士とハイド氏を読む」とあり、さらに十八日のところにはつぎの記述がある。

「近頃、よく昔の思い出話をする。僕は昔の、平和時代の楽しかった事を語り合うのが大好きだ。食物、旅行、等、色々話は無尽だ」。私の回顧趣味が戦時中にすでにあらわれている。

こうして寄り道しながら八月十五日のところまでページを繰っていこうとして、その前に新聞の切抜きが挟んであるのが見つかった。八月九日のところで、ソ聯軍が突

如、ソ満国境をこえて侵攻を開始したと報じる大見出しの記事である。

その日の項の後の方に目を移すと、「八月六日に少数機の広島空襲に於て、新型爆弾を使用し、為に相当の被害ありと大本営の発表があった」と書かれている。さらに十一日には、その「新型爆弾」というのは「原子爆弾」であり、それがふたたび長崎で使用されたらしい、とある。

そこで「松尾日記」にもどって八月八日の項を見ると、姉から広島市全滅の報を聞いた、とあり、「たましひは永久にまもらむこの皇土　身は爆弾に砕け散るとも」ほか一首が書き添えられていた。

さて八月十五日であるが、私の日記は松尾尊兊のものと較べはるかに長い。ノートに四ページにわたり、黒インクでぎっしりと縦書きされている。全部は必要ないので、約四分の一に当る最初の部分のみを書き写す。

八月十五日　水
起床五・十五　就寝十時
幾多の将兵が、又同胞が尊い血を捧げて今日迄唯ひたすら皇国の必勝を信じつつ北に、南に散ってゆかれた此大東亜戦争も、最近の米国の人類の滅亡を招く恐るべき原子爆弾の使用と、ソ聯の対日宣戦とにより、之以上の抗戦は日本民族の滅亡のみならず、人類の滅亡さへ導くおそれあり、又、我国の一億特攻精神を根抵《ママ》から覆すものなるを以て、遂に我国は、血涙をのんで米、英、ソ、支の四ケ国に和を媾ずるの止むを得なくなったのである。（ここまで句点なし。おわりの「和を…」以下の部分に赤の傍線）

朝刊で「本日正后重大放送あり、一億国民必ず聴くべし」との大活字を見、心に何か思ひ当るところがあった。出勤者全員整列の中に、重大放送は、息づまる様な緊張の中に始った。

畏くも聖上陛下におかせられては、御自ら詔書を奉読あらせられ、その玉音の放送を謹聴したのである。あゝ、国民たる者の光栄、之に過ぎるものあらうか。唯々、頭の下るのを覚ゆるのみであった。

以下、「嗚呼！　聖断は下され、国体は護持された」、「嗚呼！　我々の血と涙の戦は始まった」といった文章が長々と三ページもつづく。* 新聞の社説でも書き写したような無味乾燥な文章である。

＊概して「八月十五日」の日記は極端に長いか短いかのようだ。以下わずか二例にすぎないが、高見順（『敗戦日記』）では文庫判で約五ページ、山田風太郎（『戦中派　不戦日記』）ではわずか一行。「十五日（水）　炎天〇帝国ツイニ敵ニ屈ス」。

「玉音放送」を私は疎開工場のあった青田のなかの修学院小学校の校庭の、炎天下で聞いた。私の場合、松尾尊兊のように「たゞ涙滂沱と流るのみ」とはいかなかった。私のまわりには泣いている生徒も先生もいなかったように思う。「頭の下るを覚ゆる」と書いている私自身、実は内心ほっとしていたのではないか。その日の夕方、帰宅して顔を合わせた父が、「マケタ……」と気の抜けたような声でつぶやき、薄笑いをうかべて顔をそむけたのを思いだす。

私の日記の記述から悲憤慷慨調はその後、日を追って少くなっていき、かわりに日常生活とくに配給の食糧についての記述がふえていく。「九カ月ぶりに牛肉や食用油の配給があった」、「配給の雲丹にウジがわいていた」、あるいは「勤労動員の報償金として百十一円七銭（二カ月分）もらえるらしい」というのもある。

こうして八月のおわりまで目を通してきて、私は思わぬ発見をすることになる。

八月三十一日　金（雨）　起五・四十分　就九・二十分

（前略）

四時頃から父と銭湯へ行く。おそる〳〵しかしその中にわづかな希望をもって、秤にのってみた。針は三十一・五瓩を示す。八貫四百匁だ。去年の暮は九貫五百位はあったのに。一年生の時よりも少い位になってしまった。今後どれ位恢復するかが問題である。

ここで図らずも、冒頭の裸の少年に再会する。

敗戦の年の夏、私は一方ではげしい空腹をおぼえつつ、しつこい下痢に悩まされていた。病院で腸カタルと診断され薬をもらった。また灸をすえもした。いずれも効かなかった。今から思えばあきらかに栄養失調だった。

もともと痩せていたのがさらに痩せた。会う人ごとに痩せたなと言われた。体重三十一・五キロ。この日も銭湯の鏡に映る自分の裸をながめながら、痩せたな、と胸のうちでつぶやいたのだろう。

日記にはまた「去年の暮は九貫五百位はあったのに」とある。去年の暮、つまり昭和十九年のおわりごろというのは、私が海兵予科を受験した時期と重なる。そのころ、あの裸の少年の体重は九貫五百、およそ三十五・五キロしかなかったことがこれで判る。比較のために付け加えれば、「松尾日記」の昭和二十年五月十六日の項には体重が五十三瓩とある。ひとつ年上とはいえ、ずいぶん目方がある。田舎で食糧事情がよかっただけではないだろう。

わずか三十五・五キロ。そんな痩せた体で、無邪気にもただ英語の勉強がしたい一念から兵学校予科を受験し、身体検査官をおどろかせる。

そして、すでに別のところで書いたようにこの日記をつけてから一年後のおなじ夏に、鏡で裸をながめた銭湯のとなりの教会内の英語講習会で、キャサリン・マンスフィールドの「園遊会《ガーデンパーティ》」を読んで感動する。こうして私の戦後が始まるのだ。

その後、少年は六十数年を生きのび、八十三歳の誕生日を迎えた。それでも今なお自分のうちに気を付けの姿勢をとった裸の少年が生きていて、老いた私を見ていると感じる瞬間がある。

現在、体重は四十三キロ。あの少年にもどるまで、まだ八キロほどある。

付記　本稿を書きおえた後、未発表のまま一年余を過ごすうち、松尾尊兊が逝った。最初に読んでほしいと考えていた相手だけに喪失感はいっそう深い。ここに哀悼の意をこめて本稿を同君の霊に捧げる。

*

# ある文学事典の話

黒田憲治

## 一

今年（二〇一二）の三月はじめ、黒田徹からの電話で、むかし桑原先生の監修で出た『西洋文学事典』がちかく筑摩書房から復刊されることになったと知っておどろいた。

「えっ、あの、福音館の……」

「そうです。母のところに筑摩から連絡があったらしいです」。そう聞いてもなお私は半信半疑だった。

「電話があったのが父の誕生日の前日だったので、おふくろは〈ケンジサンが言いに来はったんえ〉と言ってました」

ケンジさんというのは黒田徹の父親の故黒田憲治氏のことで、この事典の編集にかかわった人である。

どのくらい経っているだろう。五十年、いやもっとむかしのことだ。

過去の忘れられていた文学的あるいは思想的名著が再評価され、復刊にいたる例はめずらしくない。しかし内容、情報の新しさがつねに求められる事典の類が改訂も増補もなされずに元のまま復刊されるというのは、よほどのことにちがいない。

一体、何があったのか。最近どこかでこの事典のことが話題にでもなったのか。先回りしていえば解説者の沼野充義の言うように大方の人にとっては「寡聞にしてこの事典のことは聞いたことがなかった」というのが実情ではないのか。

ところが後にのべるような事情から、この事典は私にとって忘れがたいものになっているのである。

私は久しぶりに書棚の奥から、福音館書店発行の『西洋文学事典』（以下『事典』と略す）を取出して埃を払った。新書判をひとまわり大きくした判型で、灰色の地の下半分ほどに濃い青緑色のたてじまの入った、地味というよりむしろ陰気な色調のカバーがかかっている。カバーの下の表紙は対照的に鮮やかな緑。本文四二三ページのほかに三〇ページの索引がついている。一九五四年九月一日発行、定価一七〇円。

巻末の広告のページに目を通して、今回はじめて次のことを知った。

この『事典』は「事典シリーズ」の一冊で、他にも田畑忍編『学習日本国憲法』その他数冊が出ている。

『西洋文学事典』の広告文にはつぎのようにあった。

「週間《ママ》朝日〈週間図書館〉で好評をはくした小辞典のすべての欠陥を補った本書は、文学への手引として、又読み物としても最もすぐれたものであると確信しております」

福音館には右の「事典シリーズ」のほかにも「小事典シリーズ」というのがあり、その一冊として桑原武雄《ママ》監修『西洋文学小事典』というのが別に出ているらしいことを、これも今度はじめて知った。

電話で『事典』復刊のことを黒田徹としゃべっていたとき、話のなかに「赤い表紙の事典」というのが出てくるのを私は不審に思って聞いていたが、その「赤い表紙の事典」というのは、じつは私が知らずにいた『西洋文学小事典』（以下『小事典』と略す）の方だったのである。つまり私たちはそれぞれ別の事典を念頭においてしゃべっていたことになる。

参考のためにその『小事典』を貸してもらった。

カバーはどんな色だったかとれているのでわからないが、表紙はたしかに赤一色である。『事典』のほぼ半分の大きさ（12×6・5センチ）で、小事典というより掌事典あるいは豆事典、むかしポケット・コンサイス英和辞典というのがあったが、それくらいの大きさである。本文四二三ページは変らない。活字は当然ながらぐんと小さく、今の私の眼では読むのがつらい。発行日は一九五四年一月。この約八カ月後に『事典』が出ることになる。

さて復刊された筑摩版の『西洋文学事典』というのはちくま学芸文庫の一冊で、本文五八〇ページ、索引と解説を加えると六二五ページ、厚さが二・五センチもある文庫本である。白地に細い直線の字体で「西洋」（赤）、「文学」（青）「事典」（赤）と三行に分けて横書きされた表紙カバーに、「世界の名作早わかり」というオレンジ色の帯。定価一八〇〇円。色とりどりの表紙カバーの装飾的デザイン、そのあっけらかんとした明るさ、軽さは、旧版の暗鬱な装丁とは対照的で、私にはこの半世紀間における文学の変質を象徴しているかに思われた。

「桑原武夫監修」の後に「黒田憲治・多田道太郎編」とある。旧版では「桑原武夫監修」のみで、黒田、多田両人の氏名は表に出ていなかった。わずかに監修者の「はしがき」の最後に「この編集には、奈良女子大の黒田憲治、京大人文科学研究所の多田道太郎両君の大きな援助をえた」と記されているのみである。今回はじめて、実際の編者の氏名が明記された。

つまりこの仕事は福音館書店から桑原武夫に依頼され、さらに黒田憲治と多田道太郎に下請けされた。そしてその下請けの下請け、つまり孫請けの仕事を、むかし私は多田さんから分けてもらったのである。たしか一九五三年（昭和二十八）の春ごろだった。大学を卒業はしたものの職はなく、金に窮していた私はある日、わずかに面識のあった多田さんを東一条の人文科学研究所分館に訪ねて行った。そのときの模様を、以前に私は別のところで以下のように描いた。

（前略）

会うなり私は言った。

「何か金もうけの口、ないでしょうか」

すると彼は「こんなのやってみますか」と言って西洋文学事典の話をはじめた。それは当時、福音館書店から出ていた事典シリーズの一冊で、その編纂を桑原武夫の下請けで多田道太郎と友人の黒田憲治がやっているらしかった。（中略）

フランス文学関係の項目をいくつかもらってその場を辞した。（中略）

何日かたって原稿を持って行った。彼はざっと眼を通すと、黙ったまま上着のポケットから封筒をとり出し、札を何枚か抜きとると無造作にさし出した。やっぱり只者ではないと思った。（後略）

（「転々多田道太郎」）

このたびの『西洋文学事典』の復刊に私が人並み以上の関心をいだいたのには、以上のようないきさつがあったのである。

それはさておき、はじめにちょっと触れたように、このたびの復刊には何か特別のわけがあるにちがいない。そこで、十ページにわたる沼野充義の解説「「西洋文学」から「世界文学」へ——事典というにぎやかな祝祭の場で」（この副題がまた、表紙カバーデザイン同様、今風である）に目を通してみた。

そのなかで沼野充義はこの事典のすぐれた点として「文学の社会性や受容のあり方を常に重視した桑原武夫の文学観」を挙げた後、『文学入門』に収められている素人による『アンナ・カレーニナ』の読書会にふれ、「専門分野の垣根や境界を自由に超えて、世界の文学を論じる」その「先進性」を指摘し、つぎのように称えて解説文をしめくくっている。

「その姿は、文学研究が実証的にも理論的にもより精緻になった現在からはいささかディレッタント的にもナイーヴにも見えないことはないが、私はこの事典を見て改めて彼の先進性のほうに感銘を受けた。桑原武夫は現代の「世界文学論」の土台を準備した、先駆者の一人だったのだ」

この『事典』の「先進性」にかんして、些細なことながらひとつ書き加えておこう。ここではかの有名なボードレールの詩集の表題は、伝統的な「悪の華」ではなく「悪の花」とされている。Fleurs du mal の fleurs は「花」であって、これに「華」という難しい漢字をあてて特別視する必要はない、そう桑原教授が教室で教え諭すのを私は聞いたおぼえがある。以後、彼の薫陶をうけたフランス文学研究者の間では「悪の花」がほぼ定着したようだ。桑原武夫の思想の、ひいては『西洋文学事典』の「先進性」はこんな形でもあらわれているのである。

さて『西洋文学事典』の前身として『西洋文学小事典』なるものがあったことを知った私は、この二つの事典の成立ちを調べ内容を比較してみたくなった。しかしその前に編者の一人である黒田憲治のことをもう少し知っておく必要を感じ、黒田徹に簡単な年譜をこしらえてもらった。次にそれを示す。

一九二四年　徳島県池田町に生れる。県立池田中学入学、後に大阪府立市岡中学に転校。

四一年三月　同卒業。

一九四二年四月　一年浪年して第三高等学校文科（丙類）入学。

一九四五年四月　東京大学文学部（仏文科）進学。

一九四八年三月　同卒業後、京都の全国書房入社。
一九四九年六月　結婚。七月　全国書房退社。十月　思索社よりジョルジュ・ロダンバック『死の都ブリュージュ』（翻訳）刊行（多田道太郎と共訳）。
一九五〇年三月　長男徹誕生。四月　奈良女子大就職。十二月　肺結核のため京都の宇多野診療所に入り、翌年十二月に退所。
一九五三年四月　奈良女子大復職。十月ふたたび宇多野診療所に入り、肺の切除手術を受け、十二月退所。
一九五四年四月　福音館書店より『西洋文学小事典』刊行。九月　同じく『西洋文学事典』刊行。
一九五五年四月　奈良女子大復職。
一九五六年七月　人文書院よりポール・アルブレ『伝記　スタンダール』（翻訳）刊行。
一九五八年十月　神戸大学（文学部）へ転職。
一九六〇年　七〜八月、信濃追分で、ゾラ『居酒屋』の翻訳に専念（六一年二月刊行）。

一九六一年三月　喘息で寝つく。堀川病院に入院。その後も入退院をくり返す。
同年七月二十九日　死去（享年三十七）。

一九四八年三月に黒田憲治が入社した全国書房というのは、当時は京都市中京区御池通富小路西入ルにあった。今ではもう忘れられているが元は大阪にあって、戦時中に石川淳著作集、ジョルジュ・サンド著作集、プラトン全集などさまざまな図書を出版するかたわら、「新文学」という雑誌も出していた名の知られた出版社であったらしい。「新文学」には一九四八年から四九年にかけて富士正晴の「I hate…」、「游魂」、庄野潤三の「愛撫」などが掲載されている。編集人は末永泉のという人で、黒田憲治もすこしは手伝ったかもしれない。そして富士正晴と知り合ったことも考えられるのである。というのは後に私が黒田さんと会ったころ、「富士さん」と親しげによんでいたからだ。

この全国書房からはまた『フランス文学辞典』というのが出ていて、私も持っていたことを思い出し、何十年ぶりかで取出してみた。

カバーは失われ、むき出しの濃紺一色の固い表紙には書名はなく、わずかに背に小さく、色あせた金文字のフランス語の書名がかろうじて読みとれた。東大フランス文学会編輯、昭和二十五年十二月一日発行。本文四三九ページ、定価は五〇〇円。

これが刊行された当時、私は京大教養部の二回生で、すでに仏文志望をきめていた。しかし貧乏学生の身には五〇〇円は高かったので、直ぐには買えなかったと思う。その証拠にといっては何だが、見返しの右肩に、古本屋のものとおぼしきラベルを剝ぎとった跡が残っている。やはり後になって古本で手に入れたらしい。そのときの値段はどれくらいだったのだろう。

まず、むかしはたぶんとばした冒頭の編輯代表杉捷夫の「序」に目を通してみた。

このフランス文学辞典はもともとは数巻から成る尨大なものとして十年以上も前から計画されていたが、戦中戦後の出版事情のため実現されずにいた。その後、紆余曲折を経て、全国書房の編集長に就任した斉藤菊太郎氏から引受けてもよいとの申し出があり、このような形の学術的性格のつよいものが出来上がることになった。——以上のように刊行までのいきさつがのべられた後に、つぎのようにあった。

「すでに九分通り完成した原稿の整理と印刷校正の仕事のために、執筆者の一人であった黒田憲治君が全国書房に入社して、ことに当ることに」なったが、その後、斉藤氏が退社して学究生活にもどり、「黒田君もまた教職についたのだった。(以下略)」

私はあわてて「執筆者一覧」に目を走らせた。すると辰野隆、鈴木信太郎、伊吹武彦、渡辺一夫、あるいは中村真一郎、中村光夫ら錚々たる顔ぶれの間にたしかに「黒田憲治」の名前を発見した。彼はこの辞典を編集するだけでなく執筆もしていたのだ。

ところで、黒田憲治の全国書房入社前後のいきさつは、黒田徹によれば、ほぼ次のようであったらしい。憲治氏は大学卒業後、ジャーナリズム関係の職につきたがっていて、それは東京でなら容易だった。ところが婚約者の父親から、結婚許可の条件として京都に住むことを求められていた。そこへ『フランス文学辞典』の編集者を必要とする京都の出版社が現れ、渡りに舟と入社した。つまりこの入社は結婚のための方便にすぎず、一年三カ月後の結婚と同時に退社する。なお月給は四〇〇〇円だったそうである。

このころ、これはさきの略年譜には記されてないが、黒田憲治は朝日新聞(大阪本社)の入社試験をうけている。そして筆記試験に合格したが、最後に身体検査ではねられる。今から見ればおかしなことだが、黒田夫人によれば、そのさい不合格の理由(つまり病気)については何も知らされなかったそうである。たぶん、そのときすでに肺の疾患が見つかっていたはずである。その後、彼は生島遼一先生の口利きで奈良女子大の講師となるが、事前に健康診断書のようなものの提出を求められることはなかったらしい。これも今では考えられぬことである。そして就職後何カ月か経って、教職員の定期身体検査か何かで肺結核とわかり、休職して京都の宇多野療養所に入ることになるのである。

一年間の療養生活を終え、一九五一年の暮に退院した黒田が自宅で静養していたころ、あるいはそのすこし前に、福音館書店から桑原武夫のもとに『西洋文学小事典』編纂の依頼があった。桑原はこの仕事を人文研助手の多田道太郎とその友人の黒田憲治に任せることを考えた。『フランス文学辞典』の編者でもあった黒田はこの仕事に適任だと思えたし、またその着実な人柄を信頼してもいたのであろう。そのほかに、静養中とはいえ何もせずにぶらぶらしているのはもったいない、何か仕事をさせてやろうとの親心もはたらいたにちがいない。

このあたりの事情を黒田徹にたずねると、父親の遺した日記を調べたうえ、次のようなことを教えてくれた。

それによると『小事典』のことが最初に出てくるのは一九五二年九月九日である。「夜、多田くる。（……）「小事典」の話などする」。しかしそのときまでにすでにさまざまな準備（作家や作品の選定など）はできていたはずである。翌五三年五月十三日には「辞典の原稿にかかる」とある。締切は最初は七月末となっていたから、これはずいぶん遅いように思う。私がざっと計算したところでは、枚数は全部で約一〇〇〇枚、半分ずつとして一人の分担は五〇〇枚。かりに毎日五枚書くとして、三カ月あまりかかる。助手は使わぬ方針だったらしいから、これはかなりきびしい。その後、締切日は八月末に延ばしてもらった。それでも間に合いそうにない。黒田はついに、京大教養部講師の生田耕作にすこし手伝ってもらった。「すこし」というのがどれほどだったかは不明。

原稿は出来上ったものから出版社に送られた。一枚三〇〇円（税込み）の買取り方式だったようだ。

一方、多田の方の仕事は黒田以上に遅れ、校正刷の出はじめた十月になってもまだ三五〇枚も残っていたらしい。全体の三分の一もこなしていない。一体どうするつもりだったのだろう。

ちょうどそのころではなかったか、貧乏学生が「何か金もうけの口、ありませんか」といって訪ねて行ったのは。五三年の春ごろと前に書いたが、春ではなく秋だったのかもしれない。そして私のように「金もうけの口」にありついた者が、ほかに何人もいたにちがいないのである。

ところで私はどんな項目を書かせてもらったのか。フランス文学関係だけでなく、残っていた項目のなかからもいくつか引受けたかもしれない。そしていくらもらったのか。それらのことをすっかり忘れてしまったのはまことに残念である。

その間、過労が重なってついに黒田の病気が再発する。健康上の相談役であった松田道雄医師によれば、病状は本人の考えている以上に深刻で、仕事どころではなかったようだ。やがて肺に空洞がみつかり、ついに十月七日、宇多野の療養所にふたたび入り、肺の切除手術をうけることになる。『小事典』が刊行されるのはそれから約三カ月後、退院後間もない一九五四年一月なかばのことであった。

話を『事典』そのものにもどす。

私は前につぎのように書いた。『西洋文学事典』の巻末の広告には、「週間《ママ》朝日」で好評をはくした小辞典のすべての欠陥を補った本書、と出ていると。そしてその後、『小事典』の実物を手にすることができたとき、私は見返しの一隅に、改訂のための心覚えとして、あきらかに黒田憲治自身の筆跡でつぎのような鉛筆の書込みが残されているのを発見した。

「項目の再検当《ママ》／⑴人物／⑵とくに書名（大作家は3〜4編を入れ、ことにイギリスはもっとふやす）」

以上のことから私が、自分の持っている『事典』はじつは先行する『小事典』の改訂版らしいと判断したのは自然なことであろう。ところが桑原武夫の「はしがき」を読返してみても、そのことには一言も触れていないのである。

不審に思い、両事典の全項目をひとつひとつ較べてみたところ、両者は全く同じであることが判った。ひとつの追加もなく、また誤植、誤記も正されていない。

つまりこういうことらしい。編者たちも版元も『小事典』の「欠陥」に気づいていて、早急に改訂版を出すつもりでいた。ところが黒田の病気再発があり、多田ひとりでは無理なので、内容はそのままにして『事典』を出すことにした。——私はながらく、自分が書かせてもらったのは『事典』の方の項目だとばかり思っていたが実はそうではなく、『小事典』の方だったのである。時期的にもその方が辻褄が合う。

とここまで書いて、『小事典』と『事典』にはひとつ、大きな違いがあるのを言い忘れていたことに気づいた。それは「索引」で、『事典』の方には新たに人名（和名欧文名）、作品名（同）、文学用語・事項と五つに分けて三〇ページの索引が付けられているのだった。これあってこそ『小事典』の「はしがき」でうたわれている「各項目の有機的関係」がはじめて生きてくるのである。たしかに『小事典』の欠陥はすべてではないが補われているというべきだろう。

また『小事典』の巻末には索引とは別に、「附録」として「学生の時に読んでもらいたいと思う外国の諸作品」が挙げられている。これは『事典』にも（筑摩版の方にも）残っていて、時代色というか、今から約六十年前、すなわち一九五〇年代なかばの学生（中学・高校生）に求められていた文学的教養の水準の高さがわかって興味ぶかい。

中学生用に十篇、高校生用に二十五篇。この高校生用の二十五篇のうちに『若きヴェルテルの悩み』、『赤と黒』、『罪と罰』、『ジャン・クリストフ』、『風と共に去りぬ』などいささか陳腐な定番作品が並んでいるなかに、ニーチェの『ツァラトゥストラかく語りき』が入っているのには感心する。

もっと驚いたのがリストの最後に挙げられているクロード・モルガンの『人間のしるし』。ニーチェの方は今も有名である。しかし今日モルガンを、『人間のしるし』を知っている人がどれほどいるだろう。ところがこの作品（および作者）は、一九五〇年代にはフランス・レジスタンス文学の傑作としてヴェルコールの『海の沈黙』などとともに大いに読まれ、高い評価をえていたのである。* それにしてもこの作品を推したのは誰だろう。

＊たとえば須賀敦子によれば、彼女が慶應大学の大学院生であったころ『人間のしるし』が仲間うちで大変評判になり、この小説をめぐり「人間らしく生きる」とはどういうことかと熱心に論じ合ったそうである（須賀敦子「クレールという女」、『遠い朝の本たち』所収）。

以上見たように、この『事典』には、沼野充義が「解説」で指摘するようにさまざまな「時代的制約」、「時代の刻印」があり、そこが今から見るとおもしろいと言えるだろう。今日なら欠かすことのできぬ例えばパヴェーゼ、マラマッド、フィッツジェラルドといった作家の項目がない。「文学用語・事項」でいえば「失われた世代」はあるが「亡命文学」がない。そのかわり「抵抗（レジスタンス）文学」が約六十八行（二ページ）を占めている。

さらに前に触れた『人間のしるし』および作者クロード・モルガンの項目を見ると、それぞれ約二十行が充てられている。そして一九四四年に発表されたこの長篇小説については「一人の個人主義的知識人が、祖国解放という偉大な人間的行動を通して次第に目ざめ、新しい生き方を見出してゆくというすぐれた小説」、「第二次大戦中のレジスタンス文学の最大傑作の一つ」とまで絶賛されているのである。

この熱っぽい文章の筆者は誰か。当時肺結核で療養中であった黒田憲治ではないだろう。また偉大な人間的行動とか、新しい生き方といった勇ましいことの苦手であった多田道太郎がこんな調子の文章を書くとは考えられない。

ふと私は当時、岩波現代叢書の一冊として『人間のしるし』（La Marque de l'homme）の訳本が出ていたこと（須賀敦子らが読んだのもこれだ）、訳者はもと東京のさる大学の教授で、当時は京都の関西日仏学館で教えていた石川湧であることを思い出した。そしてここで私の想像はふくらみはじめる。——たまたまレジスタンス文学関係の項目を引受けていた多田道太郎が締切に追いつめられたあげく、その執筆を石川湧に頼むことを思いつき、人文研分館の北隣にある日仏学館に足を運ぶ。……そうそう、私自身、当時その訳本で『人間のしるし』を読んで感動した学生のひとりだったのだ。そして原文でも読んでみたくなった私は、ある日思いきって日仏学館に石川湧氏を訪ね、その小説の読後感を伝え、原書を貸してほしいと頼んだ。すると彼は分厚いレンズのはまった太い黒縁の眼鏡ごしに私の顔を見つめてから、一面識もない若造の願いを聞き入れてくれた。

それからさらに二年ほど経った一九五四年の秋、私は東京の日仏学院で戦後第一回のフランス政府給費留学生試験を受けた。試験は筆記（書取りをふくむ）と、数名のフランス人教授による口頭試問（これが地獄だった！）。最後に日本人試験官による面接があった。私の面接に当ったのはたまたま石川湧氏だった。彼が私のことを憶えていたかどうかわからない。

「あなたは将来、フランス文学の研究をつづけるつもりですか」と彼は訊ねた。

「いやあ、じつは小説を書きたいんですが……」と答えると、

「ああ、そうですか」と言って、それでおしまいだった。

## 二

フランス留学生試験を受けたころ人文研の助手としてフランス革命の共同研究に参加していた私は、この機会にフランス革命と関係のふかいバルザックの作品をまとめて読むことを思い立ち、コナール版の全集を借り出すために月一度くらいの間隔で、生島遼一先生の研究室に足を運びはじめた。

その研究室は、京大教養部の木造三階建てのA号館二階の東端に位置していた。ある日、そこを訪れた私がドアをノックしようとして立止まると、なかからこちらへ近づいてくる声が聞こえた。やがてドアが開き、先生ともう一人、背の高い若い男性が出て来た。先生は目の前に立っている私の姿にちょっと驚いた風だったが、私が挨拶すると、そばに立つ大柄な人物を目顔で示し、「黒田君、知ってる?」とたずね、「いいえ」と答えると紹介してくれた。

奈良女子大のフランス語の先生だそうであった。黒田さんは眼鏡ごしに私の顔をにこやかにながめながら「山田君ていうの、きみですか」と言った。多田道太郎さんあたりから聞いていたのかもしれない。

ドアの前の廊下の薄暗がりに立ったまま話のつづきをしている二人を、私はそばでながめていた。

黒田さんは黒縁の眼鏡をかけ、大柄な体を紺の三つ揃いの背広にきちっと包んでいた。ポマードで整えられた黒々とした髪、笑うとわずかにめくり上る唇、その下からのぞく丈夫そうな白い歯。ふっくらとした色白の頬は健康的というよりも、当時はまだ誰もが痩せていたなかでいささか不自然な印象をあたえた。後でわかったことだが、それは結核療養所を出て間もないころで、久しぶりに娑婆に出て来た人のどこか湯上りみたいなさっぱりした感じも、そのためだったかもしれない。

それ以後、東一条の人文研分館でときおり姿を見かけるようになった。そのころ『西洋文学事典』はすでに出ていたはずで、あるいは翻訳中のアルブレのスタンダールの評伝のことで生島さんに質問に行き、そのついでに人文研に立寄って桑原さんや多田さんとおしゃべりしていたのかもしれない。多田さんとはマージャン仲間でもあった。

ポール・アルブレ著、黒田憲治訳『伝記　スタンダール』が人文書院から出たのは一九五六年七月のことである。私はそれを黒田さんからもらっているから、そのころはすでにかなり親しくなっていたにちがいない。見返しの頁一杯に大きくブルー・ブラックのインキの万年筆で「謹呈／山田　稔様／黒田憲治」と三行に分けて署名してある。人柄をしのばせる闊達な筆跡である。

訳者の「あとがき」には、「病後の訳者の体ならしに」とこの翻訳をすすめて下さったのが桑原武夫先生であること、また生島遼一先生からは「懇篤なご指導」のほか「訳文の閲読までたまわった」ことなどが謝辞とともに記されている。病後の黒田憲治を励まそうという両先生の温情が伝わってくる。

当時、黒田さんは三十を少し出たころだったが、若さに似ず大人の風格のようなものが備わっていた。三高時代は剣道三段だったそうで背すじがのび、声にも力があった。そのころよく一緒にいた多田道太郎とは体格だけでなく、さまざまな点で対照的だった。才気の人多田道太郎にたいし黒田憲治はいわば常識の人であった。桑原先生などは一方で多田さんの才知を愛でつつも、現実面では黒田さんの生活者としての知恵を重んじていたし、生島先生も黒田さんの堅実さを信用して相談相手にもしていたようである。やはり人徳というべきであろう。後に、早逝したこの後輩を哀惜して先生は弔辞を読むことになる。

後年、私はこの頼り甲斐のある先輩と、もっと付合っていたらよかったと悔んだものである。しかし当時、多田道太郎の発想の奇抜さ、〈多田マジック〉に魅せられていた私は、黒田憲治の「常識」に物足りなさをおぼえ、多田さんの方ばかり向いていた。そのような私は、黒田さんの目にどのように映っていたのだろう。何かの集まりの後など、私にむかって「多田の言うことはおもろすぎるわ。実際はあんなもんとちがうよ」と言った。その口調には〈多田のマネをしたらアカンよ〉と、暗に戒めるようなひびきがあった。

一九六〇年の十二月に私が「思想の科学」に「現代の復讐者　松本清張」という評論を書いたとき、多田さんはおもしろいと言ってくれたが、黒田さんからは、あれは要するに一夜漬けのもの、思いつきにすぎないときびしく批判された。松本清張だけでなく大衆文学についてもっと勉強してから書けというのだった。そうしたきびしい面が黒田さんにはあったのだ。

それにもかかわらず、いやむしろそれゆえにと言うべきか、私は黒田さんにかわいがられていたという思いがつよい。知り合うと早速マージャンの手ほどきをするため同僚の松尾尊兊らとともに自宅に連れて行かれた。また後に私が奈良女子大で非常勤でフランス語を教えるようになると、帰りの電車（当時の奈良電）のなかで、大学の図書館に勤めている風采の上らぬ老人のことを「あれは天野忠というえらい詩人なんやで」と教えてくれた。私が結婚することになって、そのことを報告すると、「おめでとう」と言ってから「結婚っていいものやで」と付け加えた、そのときの半ば冷やかすような、半ば照れたような笑顔をいまも鮮明に思い出す。

　そのほかあれこれ思い出していくと、短期間ながら黒田さんとはさまざまな会で同じ時を過ごしたことがわかる。バルザックを読む会、日本映画を見る会。日本小説を読む会にも、初期のころ何度か顔を出していた。しかし、健康に配慮してか、何時も半歩下ったところにいるように見えた。二次会でおそくまで酒を飲んで騒いだ記憶はない。

　一九五八年ごろ人文研助教授の多田道太郎、神戸大学教授の黒田憲治、当時は人文研から同志社大学に移っていた樋口謹一、人文研助手の加藤秀俊、それに私を加えた五人で「D・Dの会」というのができた。ときどき集まって推理小説や記録文学（伝記、ノンフィクション）についておしゃべりしているうちに出来た会で、最初のDは

Ditectiveの、二番目のDはDocumentaryの頭文字である。この名称は私がつけた。

はじめのころは、新聞などに匿名で映画評や新刊の推理小説の紹介などを書いていた。そのうち多田あるいは加藤が話をつけてきたらしく、「週刊読書人」で推理小説に登場する名探偵の列伝を連載することになった。ちょうど推理小説ブームも一段落ついたころで、東都書房から「日本推理小説大系」（全十五巻）の刊行が始まったところであった。

私たち五名が集まって内外の名探偵を選び出し、分担をきめた。討論の後、交替で二枚半の原稿を執筆した。原稿はいずれも全員で目を通し、討論した後に筆を加えるという共同作業の形をとった。

連載の第一回（一九五九年十月二十九日号）はドロシー・セイヤーズのピーター・ウイムジー卿。以下、最終回の横溝正史の金田一耕助まで十八名の内外の探偵を取上げた。

執筆者の筆名はDD・A、DD・B、以下Eまで。今となってはどれが誰だか正確にはわからない。ただ、かすかな記憶、文章のくせその他を手がかりに推測すると、Aは樋口謹一、Bは黒田憲治、Cは多田道太郎、Dは山田稔、そしてEは加藤秀俊らしいとわかる。

そのDD・Bこと黒田憲治の分担しているのはジョルジュ・シムノンのメグレ警部、G・K・チェスタートンのブラウン神父、江戸川乱歩の明智小五郎、野村胡堂の銭形平次の四名。このうち、たとえばメグレ警部について、彼はつぎのように書いている。

「悪を弾ガイするのでなく、悪をつくりだす心の傷にふかい理解と、同情さえもっている彼（メグレ）は、組織のなかの探偵というより、ニヒリズムでいくらかにが味のついた苦労人、むしろモラリストであろうか」。この苦労人、モラリストという点を強調しているところに、私は黒田憲治らしさを感じる。

なお、ついでにDD・Dこと山田稔について一言のべると、アガサ・クリスティのエルキュール・ポワロほか、レイモンド・チャンドラーのフィリップ・マーロウその他を執筆している。当時私はチャンドラーを愛読していた。「仕事に疲れてもどってきたビルの六階のオフィスで、ハイボールのグラスを片手にマーロウは古びた家具にむかってよびかける。「おい」と。そのとき彼には人生が「カガシのふところみたいに空っぽ」に思われるのだ」——こんな文章を私は書いている。

最終回（六〇年四月二十五日号）の後さらに一回、五名による共同討論「日本推理小説の系譜——日本推理小説大系をめぐって」がおこなわれ、それを要約した文章（執筆者は加藤秀俊）がのって連載は終りとなった。

その要約をさらにつづめるとほぼ以下のようになるだろう。

——日本の推理小説の二本の太い柱は江戸川乱歩と松本清張で、これに本格派の横溝正史を加え、いずれも怨恨の文学である。それらは鶴屋南北にはじまる怪談の系列につらなる思想的に重要なものだ。今後、日本の現代小説のなかで「新怪談」として再生されることを期待する。

その後もD・Dの会で同様の匿名時評のようなものをやったと思うがよく憶えていない。ただひとつ、私の手許に形となって残っているものがある。一九六二年に現代風俗時評を「現代文化事典」と題して毎日新聞に週一回連載し、それを後に単行本化したもので、六三年五月に講談社から『身辺の思想』という題の新書判の本となって出た。その「まえがき」につぎのようにある。

「わたしたち四人、それに先年急逝した黒田憲治の五人が、なんということなく雑談の集まりをもつようになったのは、たしか五年前のことだ」

「先年急逝した」とあるが、正確には二年前の六一年（昭和三十六）七月二十九日、三十七歳の若さだった。

裏表紙の四人並んだ若い著者たちの写真のなかに、その若き日の黒田憲治の姿がないのがさびしい。

私たちが知り合った一九五五年ごろからの数年間は、黒田さんの比較的元気なころで、多田さん、樋口さんらとよくマージャンで夜ふかしをしていたようだ。健康の許すかぎり精一杯付合っていたのであろう。五八年秋に神戸大学に移ってからは、大学への行き帰りや講義が体にこたえはじめたらしく、「階段の上り下りするのがしんどうてね」とか、「ぼくみたいな体には、講義でしゃべったりするのがいちばんようない職業でね」などとこぼしていた。肺切除の手術で肋骨を何本か切りとったので、息ぎれがひどくなっていたのだ。大柄な体が一方に傾いで見えた。

そのような状態のなかで、ゾラの『居酒屋』の翻訳を引受けていた。これは河出書房新社が企画した世界文学全集（全百巻でグリーン版とよばれた）の一冊で、五名の編集委員の一人の桑原武夫先生からすすめられた仕事だった。

黒田さんはひまをみつけては少しずつ翻訳していたのだろう。しかし千枚をこす分量はそれくらいではとても間に合わない。締切日が近づいてくる。配本順の決まっている全集刊行では、遅れは許されないのである。そこで一九六〇年の夏休みに残りの仕事を一気に片づけようと、伝手をもとめて信濃追分に部屋を借りて、夫人と十歳の徹とともに移り住んだ。ところが高地の冷気と稀薄な空気が病身にさわった。到着早々、はげしい咳が出はじめる。喘息の発作である。それでも何とかしのいで一月ほど滞在し、仕事をつづけて京都にもどった。

帰ると早速、日ごろ健康の相談にのってもらっている松田道雄さんに診てもらった。「きみの体にいちばん悪い所に行って来たね」と松田さんは顔をくもらせた。「なんで前もって相談してくれへんかったんや」

その後何とか持ち直し、翌年二月末に無事『居酒屋』が出た。ところが三月に入り大学の入試の監督で寒い目をして風邪をひき、それが因で喘息が悪化。家の近くの堀川病院に入院、その後も入退院をくり返す。

そのころ、たしか四月か五月ごろだった気がするが、黒田さんの奈良女子大での後任者となった田村俶をさそって、病院に見舞った。痩せて目が落ちくぼみ、やつれて見えた。ベッドに寝たまま私たちの話を聞いていた。気分を明るくしようと私が滑稽なゴシップをいくつも披露すると、黒田さんは笑いながらはげしく噎せ、苦しげに「笑わさんといてくれよ」と言った。これが私の記憶に残る黒田憲治さんの最後のことばだった。

# 一本一合　北川荘平と「日本小説を読む会」

大阪文学学校の機関誌「樹林」は二〇〇七年の夏号で、永年同校の講師をつとめ前年の七月に死去した北川荘平を追悼する特集を組んでいる。そこに載った竹内和夫編「北川荘平　年譜」に目を通して奇異の念をいだいた。大阪文学学校と「VIKING」のことは出てくるが、「日本小説を読む会」のことにまったく触れられていない。ところが北川はこの会の熱心な会員であった。何度も報告をおこない、会報にも執筆しているのである。

大阪文学学校、「VIKING」にくらべると、「日本小説を読む会」はほとんど無名の、いわば内輪の遊び、すこし体裁よくいうなら「知的な遊び」、にすぎぬであろう。しかしこの気楽な（おまけに「二次会」付きの）会が北川は大変好きで、夏の合宿をふくめ熱心に参加していた。そのことはやはり書きとめておく価値がありはしまいか。今のうちにそれをしておかなくては、「日本小説を読む会」における北川荘平の事績は忘れ去られてしまうにちがいない。

そこで北川荘平の文学観および人となりを理解するための資料の一端として、この機会に「日本小説を読む会」における「北川語録」を紹介しておきたいと思う。それはまた、おそまきながら、亡きわが僚友への私なりの追悼のしるしともなるであろう。

まず、最初に、「日本小説を読む会」（以下、「よむ会」）について簡単に紹介しておこう。

この会は一九五八年（昭和三十三）に多田道太郎と山田が中心となって十数名の友人と始めた読書会の一種だった。毎月一回、誰かが面白いと思った小説作品（純文学）について報告し、全員で討論した後、酒を飲む。これを約三十八年つづけ一九九六年（平成八）六月に四一〇回で終えた。毎月八ページほどの会報を出した（報告レジュメ一ページ、討論記録二ページ、他は短文）。会場および運営上の都合から、原則として新人会員はみとめぬことにした。

さて、右の四百十回の例会のうち、北川荘平の出席したのは百二十七回。正式に入会したのは第二六三回（八二年十二月）からとすれば、以後の出席率は八十五パーセントをこえる。ただし彼はそれ以前のかなり早い時期から「よむ会」の存在を知っていた。私の手もとに次のような葉書が残っている。

「前略。

読ム会会報をありがとう。毎号たのしんで読んでいます。ところでぼくも会員にしてくれませんか。ゼニは、ある時払いますから。そのうち、何か原稿をかいておくります。（以下略）」消印は「三田　36・3・13」。発信地は「三田市大原春霞園13」

前年秋、会社での健診で肺結核と診断された北川はこの療養所に入院中であった。もっとも病状は軽かったようで、月一度の「VIKING」例会には出席している。葉書の日付から察すると、彼が受取ったのは会報11号と思われる。文中「ぼくも会員にしてくれませんか」とある「ぼくも」は、沢田閏、福田紀一、高橋和巳ら、当時の「VIKING」同人たちがすでに会員になっていたからである。この入会希望にたいし、何と返事したかは憶えていない。会員はふやさない方針の手前、まあ病気が治ってから、ということにしたのではないか。

その年（六一年）の五月に退院した北川は、十二月の第三三回例会に顔を出す。すでに会報の読者であった「VIKING」同人の島京子が一緒だった。作品は大江健三郎『死者の奢り』と開高健『パニック』（報告者・飯沼二郎）。開高に特別の関心をいだく北川が、ひとまず見学という形で出席したのだった。そしてつぎのように発言している。

「ぼくの小説（「水の壁」、「マンモス・タンク」、「企業の伝説」）は開高とよく似ていると批評家に指摘されたが、時代的にも似ているし、彼の文学衝動はよく分る。親近と反撥を感じる。（開高の小説は）通俗的といわれるが、これは売りこむために意識的にしていることだ」（カッコ内引用者）

さらに彼は翌月の会報20号に「「栄養不全」の文学」という開高論を書く。この文章については後述する。

その後、何度かとびとびに顔を出した後、一九六三年四月から約十年の空白期間がくる。その間、出席しようと考えたことが何度かあった。

「9月からは、僕も、できるだけコンスタントに「読む会」に出席して、ベンキョーしたいとおもっております。読む会には、どういうわけか、マジメな意味でも、教えられるところが多いと思います」（一九六七年八月？日付、在パリ山田宛書簡。横書き）

「9月から」とあるのは、その月に私が帰国することになっていたからである。しかし九月以後も彼は出席しなかった。以前から本職の会社勤めのほか「VIKING」の編集、大阪文学学校の講師、サンケイ新聞の同人雑誌批評などの仕事が重なり、「よむ会」にまで出席するゆとりがなかったのではないか。

そして八〇年六月、久しぶりに姿を現したとき、「北川荘平はVIKING同人、以前にも二度出席したことがある」と会報で紹介される（正しくは「二度」ではなく五度）。そしてこのとき彼の入会がほぼきまったと考えてよい。

以後、約二年間出席がつづき、八二年四月に胃潰瘍で入院、半年ほど休んだ後、同年十二月、「大吐血からすみやかに回復した北川、体重十キロふえたといい、ふっくらとした元気そうな顔を見せ、一同を喜ばせる」（会報二五三号）。そして以後、病気や怪我の時期をのぞいてほぼ毎回出席し、熱心な会員となる。しばしば「二日酔で死にそうや」とこぼしながら。会の前日の金曜日の夜は文学学校の受講生らと深酒をする機会が多いので、こういうことになったのであろう。

さて全百二十七回の出席のうち、彼が報告をおこなったのは十回。取上げた作品名をつぎに年代順に列挙する（アラビア数字は報告レジュメの載っている会報の号数）。

井上靖『闘牛』（八四年二月、266）
小林多喜二『党生活者』（八五年二月、277）
室生犀星『或る少女の死まで』（八七年四月、301）
椎名麟三『深夜の酒宴』（八八年四月、312）
色川武大『狂人日記』（八九年六月、325）
小沢信男『わが忘れなば』（九〇年三月、341）
木辺弘児『滑走路の南』（九〇年十二月、352）
奥泉光『三つ目の鯰』（九三年七月、370）
中島敦『李陵』（九四年六月、380）
阿部昭『司令の休暇』（九五年七月、392）

の評判、代表的批評家、たとえば中村光夫、平野謙らによる解説などの紹介にはじまり、自説をつよく主張するのをひかえる傾向があった。よく調べ、客観的であろうとするその態度は、文学学校やカルチャーセンターでの講義にはふさわしいかもしれぬが、「よむ会」むきではなかった。「お酒飲んだときとえらい違い」と指摘されたその慎重さ、几帳面さはおそらく彼のもって生れた性格で、同人雑誌評などにもあらわれているように思う。彼自身、その性格の窮屈さから解放されようと大酒をくらい、そのあげく数々の「失敗」をくりかえしていたようだ。

ここでちょっと脇道にそれるが、会には喜多川恒男という、やはり酒飲みの会員がいた。北川とちがってこちらはおとなしく、まぎらわしいときは喜多川のほうを「イイほうのキタガワさん」とよぶ女性がいた。ふざけて北川を「イイほうでないキタガワさん」とか、「ワルイほうのキタガワさん」とよぶこともあった。親愛の情をこめてである。もっとやさしく「ソウヘイさん」、もあった。

さて本題にもどって、例会での発言から、ひとつだけ「北川語録」を紹介しておく。第二七四回、村上春樹『風の歌を聴け』（報告者・青木謙三）の討論で、彼は主人公がビールばかり飲んでいる点を指摘してつぎのように言う。

「ビールという言葉何回出てくると思う。六十一回。二十五頁だけで五回」。さらに「ビールはアルコール分が少い。ビールみたいに薄くさらっとした世界。風みたいな。結局ナンセンス小説、ニヒリズムというか」（二六四号）。

さらにもうひとつ、これは報告とは関係ないが、北川の人柄をよく伝えるエピソードを紹介する。以下、彼が色川武大の『狂人日記』を報告したさいの山田による討論記録の前文から（八九年六月三日）。

「三十一度という真夏日二日つづき、またこの日は記録者は寝不足。そこへひるすぎ北川荘平夫人から電話あり。すわ、報告者膵炎再発かとドキン。さにあらず、眼鏡忘れて出かけた、とどける必要あるかどうか主人が会場に着いたら電話するよう伝えてほしい、という内容で、急いで楽友会館におもむき北川の到着を待つ。その旨伝えると本人は平然と「いま途中で買うてきた」と云う。なあんだ。タクシーを眼鏡屋に乗りつけ、待たしておいてあわてて老眼鏡買ってきた由。四千五百円のを二千五百円に値切ったと得意顔。／まあ、こんないきさつがあって、開会前に記録者早や疲れた。横文字嫌いの北川がめずらしく（報告のなかで）「シュミレーションちごて、シ、ミ、ュレーションやで」とどもりながらくりかえすのも妙で、これは度の合わぬ眼鏡かけたせいにちがいない。おどろいたのは、いまマスコミ（ラジオ・テレビ）では「狂」がタブーで、読書紹介などでこの『狂人日記』はとり上げられない由。なんということっちゃ」（三二五号）

さて、前述のように会は毎月、六乃至八ページの会報を出していた。原稿不足のさいは埋め草として私が編集日誌と称して会員の近況などを紹介した。

全四百号のうち、といっても北川がふかく関わるのはほぼ後半からだが、彼が執筆したのは十七回。まずその表題を列挙する（アラビア数字は会報の号数）。

「六〇〇枚」（六一・七、15）、「『栄養不全』の文学」（六二・一、20）、「無題」（六四・二、43）、「記録について」（六五・一、五〇号記念特集号）、「樹木について」（八二・一、242）、「一本と一合」（八三・六、258）、「山田の案山子」（八三・一一、262）、「海浜にて」（八四・一一、273）、「虚実日録―十二月」（八七・二、296）、「水洟や……」（八七・一一、306）、「鱒二・捷平・鉄男」（八九・二、320）、「『去年のこほろぎ』への不満」（九一・一二、351）、「ますだの一夜」（九二・六、357）、「神は細部に……」（九二・一二、362）、「虚実日録―二月」（九四・三、376）、「ネズミ島一件」（九

五・三、387）、「クラス会」（九六・三、398）

これに十回の報告レジュメを加えると、執筆回数は計二十七。一篇、四百字詰原稿用紙で三枚半として計算すると、九十枚をこえる。

以下、そのうちの何篇かについて簡単に内容を紹介してみよう。

「六〇〇枚」

最近必要あって、自分の書いた原稿の枚数を算えてみたら、この四年間で雑文のたぐいを加えても六〇〇枚にしかならぬことがわかって愕然とした。作品は量よりも質というのは正論だが、自分はそれでは満足できない。そこで一つ目標を立てた。「三十五になるまでに三〇〇〇枚書くこと。枯木も山のにぎわいである」——ちなみに当時北川は三十一歳であった。

「「栄養不全」の文学」

これは前にも触れたように、大江の「死者の奢り」と開高の「パニック」を取上げた例会に初めて顔を出した北川が書いた開高健論である。彼は大阪高校（旧制）で同期であった若き日の開高の「黄色くしなびた顔」を忘れることができない。その顔は彼ら昭和五年前後に生まれ、発育期に十分食べさせてもらえなかった世代のいわば「準先天的な栄養不全症」の顔である。その開高が「圧力にとんだ外部の侵透をふせぐためにカラカラの内部をしぼり出す」ようにして精力的な作品を書く。彼のような「栄養不全の作家」だからこそ、それは可能なのではないか。

「樹木について」

自分の住む枚方の香里団地のケヤキの街路樹への愛情をのべたもの。夏の緑のトンネルもいいが、冬、すっかり葉を落して、バンザイをとなえている裸のケヤキの風情もまたよろしい。樹木は好きだが、しかし名前はまるで知らない。その点、亡き大槻鉄男はじつによく知っていた。彼の詩文集『樹木幻想』三百九十六ページのなかから「ピンセットでつまみあげる」ようにして樹木名を拾ってみると四十六あった、と書いてその名を列挙する。

「一本と一合」

前年、大病で入院したが、退院の際、医者から酒をやめるよう言われた。しかしどうしてもやめられないので、医者の忠告を「大酒はやめるように」と解釈することにして、いまのところ一日にビール一本・日本酒一合ときめている。ところで以前に松田道雄さんがこんなことを書いていた。自分はしばらく酒をやめているが、これは、「医学的理由」からでなく夜の時間が惜しいという「さもしさ」からで云々と。それなら、りっぱな「医学的理由」がありながらなお一本一合に執する自分の「さもしさ」は救いがたい、となげいている。

北川は前の年から春にかけて胃潰瘍や急性膵炎で三度入院している。この一本一合を、はたして何時まで守りおおせたか。右の文章を書いてから一年半ほど経った八四年十一月の例会の二次会記録につぎのようにある。

「北川、福田、山田の三中年男、何やら熱っぽく喋りつづけ、飲みつづけ、十二時近く、店の人に言われてやっと腰を上げる。二日酔い如何であったか」

ところがこれよりさらに一年半ほど経った八六年五月三十一日付の山田宛の葉書のおわりに、「小生、本プク。規則ただしく、一本一合を続けております」などと殊勝なことを書いているではないか。だがこれはあくまでも、妻のきびしい監視下にある自宅でのことにすぎず、外では機嫌よく「一本一合」をお呪いのように唱えつつ、その「一」を二、三……とふやしていったのであろう。そのころの宿酔の報告のような葉書が、何枚も私の手もとに残っている。

いずれにせよ、「一本と一合」には大酒飲みのいじましさと同時に、そうと知りつつ酒に溺れ呑みこまれていく男の哀れさ、おかしさが滲んでいていかにも北川らしい。

「水洟や……」

これは富士正晴への追悼文。

茨木市の安光奎祐の家には、襖三枚にわたる富士の水墨画があって、そこに「正晴水洟翁」の署名がある。当日の四月十三日（八三年）は花冷えのする寒い一日で、鼻水たらしながらこの絵をかいたのであろう。病気知らずの富士正晴も、鼻風邪くらいはひいて、客の相手をしながらしきりに鼻をかんでは、それを部屋の隅の屑かごにほうりこみ、うまく入ると「ストライク！」とさけんでいた。ここで北川はふと芥川龍之介の「水洟や鼻の先だけ暮れのこる」の句を思い出す。そして三高時代、芥川を愛読し、晩年まで彼に好意をいだいていた富士正晴を偲ぶ。

「鱒二・捷平・鉄男」

井伏鱒二が好きで、新潮社版の「自選全集」（全十二巻）を随時ひもといていた。勤務先でもよく読んだ。木山捷平の「妻」という詩を紹介した文章（「木山捷平の詩と日記」ではこらえきれずに笑い出し、事務の女の子に怪しまれたこともある。「団子や芋を食ふので／妻はよく屁《へ》をひるなり。／／少しは遠慮もするならん／それでも出るならん。／／しかしぼくはつくづく／離縁がしたく思ふなり。」そこから、やはり木山が好きであった大槻鉄男のことに移る。彼の「火葬場」という文章のなかに、木山の小説の一節がふかい共感をこめて引いてある。「……年寄りは火葬場の前の茶屋で一ぱいやると、奇妙に気持がおちつくのである。あまり人には言いたくないが、あそこでやると飲み代も非常にやすくあがるのである」「火葬場」を書いてからちょうど十年後に大槻鉄男はこの世を去った。享年四十八。

「ますだの一夜」

「ますだ」は京都・先斗町の酒場の名。そのますだで高橋和巳『悲の器』受賞記念会の相談を多田道太郎、福田紀一、山田稔らとやっていたところへ、桑原武夫先生が若手の研究者たちを引連れて入って来て、二つの組が合流しての酒宴となった。たまたま自分のとなりに坐っていた桑原先生が、これは内緒だが、小説を書こうと思っていると打明けた。東北大学にいた戦争末期、大学図書館の本の疎開の役目を引受けて大変苦労した。そのときのことを小説の形で書きたい、と。その後、それは書かれぬまま時がたち、先生は亡くなった。後日、「敗戦前夜」という短文のなかに、例の図書館疎開の苦労話が出ていることを教えられた。あのときの「小説」の構想がこれらしかった。

なお「ますだの一夜」の題は、会報二百号記念号に載った埴谷雄高の文章の題を借りたもの。埴谷はそのなかで、「よむ会」有志とともに酒を飲んだ一夜を回想している。

「ネズミ島一件」

富士正晴は親しくしている若い作家たちが小説のネタに窮して相談に来ると、惜しげもなく面白い話を教えてやった。それをもとに彼らはたくみな小説を書き、金が「ザクザク」入り、そして富士のことは忘れた。たとえば開高健は、富士から聞いた大阪陸軍工廠跡の「アパッチ族」の話をヒントに「日本三文オペラ」を書いて成功した。じつをいうと自分（北川）も富士から小説のネタをもらった一人だった。大阪湾のある河口近くに位置する中洲（通称ネズミ島）を占拠して不法居住する連中の話。さっそく詳しい地図などで調べはしたが、ついに小説にするにいたらず、金がザクザク入ってくることもなかった。

「クラス会」

卒業後四十八年ぶりに初めて出席した和歌山県立伊都中学（旧制）のクラス会で、むかしサルトルの「水いらず」の訳の載った雑誌をもってきて、みなに読むようにすすめた文学少年のことを思い出す。いま調べてみると、それは京都で出ていた伊吹武彦編集の「世界文学」だったことがわかる。あの時代、この小さな田舎町の本屋にも、そんな雑誌が出回っていたのかと感心する。

「クラス会」が載ったのは九六年三月二日発行の会報三九八号。その年の一月例会に彼は出席しているが、二月、三月とつづけて欠席。いまから思うと、そのころから体調がすぐれなかったのかもしれない。

最終回の例会（第四一〇回）が開かれたのは四月六日、正宗白鳥の『牛部屋の臭ひ』を社会学者の小関三平が報告した。最後に正宗白鳥というところが、いかにもこの会らしい。これは想像だが、北川荘平は最終回というのと、白鳥と小関の組合わせとにひかれて、体調のすぐれぬまま無理して出席したのではなかろうか。

その日は、最後というのではるばる東京から馳せ参じた画家の阿部慎蔵を加え、出席者二十六名の盛況であった。その阿部が近くの酒屋からウィスキー、ズブロッカ、氷などを買ってきた。ふだんは酒ぬきの会としては異例のことである。この日も出席者多数のため、一人々々の発言は制限せざるをえなかった。そのなかから北川荘平のものを拾ってみる。

北川「面白かったけど、牛部屋の臭いが感じられなかった。あれは何年経ってもぬけないもの。三人の女に滲みついた臭いがにおってこない。……牛の臭いはイヤなものではないんや。白鳥知らへん。懐かしいような臭い」田舎育ちの北川は牛のにおいをよく知っているらしかった。

二次会はいつもどおり赤垣屋。近くのホテル・フジタのラウンジでの三次会に、北川が出席していたかどうかは記憶にない。おそらく一次会のウィスキーですでに酔払った彼は二次会で酔いつぶれたのではなかろうか。

それから一カ月後の五月四日に、約三十八年つづいた「よむ会」を閉じるパーティーがホテル・フジタで催された。出席の返事を出しておきながら、あの律義な北川荘平がついに姿を見せなかった。

枚方・香里団地の、日ごろ愛でてやまなかったケヤキの街路樹の下で脳梗塞で倒れ、入院するのはこれより三カ月後の七月のことである。以後、闘病生活十年。その間、友人らの見舞いをことわりつづけ、二〇〇六年七月八日、入院先の東香里病院で肺炎のため、「一本と一合」の男は七十五年と十一カ月の生涯を閉じた。

（二〇〇八・一二）

# ある〈アンダスン馬鹿〉のこと

『西洋文学事典』（桑原武夫監修　黒田憲治・多田道太郎編）が一昨年（二〇一二年四月）五十数年ぶりにちくま学芸文庫の一冊として復刊された。初版は一九五四年に福音館書店から出ていて、若いころその下請け原稿を書かせてもらったことのある私には、いろいろと思い出の多い事典である。このたび久しぶりに目を通していて、あらたに気付いたことがあった。

すでに別のところでも書いたことだが、この文学事典は五十年以上も前に編まれたものであるから、今から見れば収録された作家・作品名に時代的制約があるのは当然である。そのことは考慮しつつ、今回私はつぎのことに気がついた。スコット・フィッツジェラルド（一八九六―一九四〇）の名前が載ってない（項目「失われた時代」のなかに名前だけは出てくる)、それに反し同時代のシャーウッド・アンダスン(一八七六—一九四一)は名前だけでなくその代表作『オハイオ州ワインズバーグ』までがそれぞれ別個の項目として取上げられている。編者の身贔屓ぶり、いやむしろ見識の高さを感じた。そしてこの短篇集が「ジョイスの「ダブリン市民」と共に「人生の表面下」を探った20世紀初頭の最もすぐれた短篇集」と讃えられているのを読むにいたって、筆者は多田道太郎にちがいないと私は確信し、同時に昔のことを懐しく思い出した。若いころ私にアンダスンという作家を教えてくれたのは多田さんだったのである。そのとき彼はこの短篇集の魅力をつぎのように説明した。

「これは山田君好みやと思うな。独身の女の教師が雪の降る晩に真裸になって街を走り回ったり、たしかそんなシーンがあってね」

早速私は新潮文庫の『ワインズバーグ・オハイオ』(橋本福夫訳)を買って読んだ。そこには多田さんの言ったとおりではないにせよ、たしかに雨の降る晩に裸になって外にとび出す孤独な女や、雪の夜にかつての教え子の若者に会いに行く欲求不満の女教師などが出てきて、私を感動させた。多田さんも私も、当時はまだ独身だった。

アンダスンが好きになった私はその後、英宝社から出ていた英米名作ライブラリーの一冊『女になった男・卵』というアンダスン短篇集をみつけて読んだ。これも大変よかった。「卵」というのは、養鶏業に失敗した父親が田舎に開いた小さな食堂で卵の手品をして客をもてなそうとするが、うまくいかない、そんな話で、父親のみじめでしかもどこか滑稽な姿を淡々と描く筆致が大変気に入った。

久しぶりに私は『ワインズバーグ・オハイオ』を読み返してみた。今回は一九九七年に出た講談社の文芸文庫版『アンダソン　ワインズバーグ・オハイオ』（小島信夫・浜本武雄訳）で読んだ。この方が字が少し大きく鮮明だからである。この版ではとびらの題名に「――オハイオの田舎町についての一群の物語」というサブタイトルが付いている。「オハイオの田舎町」というのは、作者アンダスンの育った中西部の田舎町クライドをモデルにした架空の町である。

読み返してやはりいいなと思った。とくに「手」、「紙の玉」、「女教師」、「孤独」、「死」など。いずれも田舎町にあって疎外感あるいは欲求不満のため、いびつになった人間を描いている。

冒頭に母親への献辞がおかれ、つぎに「序」というべき「グロテスクな人々についての本」と題する文章がつづく。そのなかに次のようなくだりがある。

「一人の人間が一つの真実を自分のものにして、これこそわが真実といって、それにもとづいて自分の人生を生きようとするとたんに、彼はグロテスクな人間に化してしまい、彼が抱きしめている真実も虚偽になってしまう」

いまこれを読むと、二十代のころよりもよく理解できるように思う。

最初のころ、私は作品の内容から推してアンダスンをふかく鬱屈をかかえこんだ狷介な人物と思いこんでいた。この想像は後に出た新潮文庫の『アンダスン短篇集』や英宝社の『女になった男・卵』の表紙カバーの作者の顔写真、その暗い表情からも裏づけられているように思えた。

その後何年か経って、研究社出版から大橋吉之輔著『アンダスンと三人の日本人昭和初年の「アメリカ文学」』という本が出たのをたまたま新聞の広告で知り、表題にひかれて早速読んだ。

著者の大橋吉之輔についてはフォークナー、ヘミングウェイその他多くのアメリカ小説を翻訳しているどこかの大学の先生くらいの知識はもっていた。私の好きなウィリアム・サローヤンの『人生の午後の一日』の訳者が大橋吉之輔だった。しかしそのときはまだ、この人とアンダスンとの深いかかわりについては知らなかった。

著者によれば、シカゴのニューベリー図書館にはアンダスンの書いた、あるいは彼宛に書かれた膨大な数の手紙が保存されていて、そのなかに三人の日本人のものが九通、およびそのうちの一通にたいするアンダスンの返事がふくまれているそうである。

その三人の日本人とは詩人の高橋新吉、アメリカ文学者の吉田甲子太郎および高垣松雄である。吉田と高垣は立教中学で英語の教師として知り合った。高垣の方が四つ年上である。吉田は後に立教大学英文科の教授となる。

アンダスンを最初に日本に紹介したのは高垣松雄で、その高垣からすすめられて吉田甲子太郎が新潮社からアンダスン短篇集『卵の勝利』の翻訳を出すのが一九二四年(大正十三)九月。それを読んで感激した当時二十四歳のダダイスト新吉こと高橋新吉が吉田にアンダスンの住所をたずね、ファンレターを出す。そしてそこにこう書き足した。自分は貧しい詩人なので、あなたの他の作品も読みたいのだが買えない、送ってもらえないだろうかと。そのたどたどしい英文には、しかしアンダスンの文学にたいする熱い思いがこめられていて、それに心を動かされたアンダスンは折返し礼状を出す。その手紙には、別便で「小さな本」を一冊送ったと書き添えられていた。高橋新吉によればその「小さな本」は戦災で焼けてしまい、彼自身それが何であったか憶えていなかった。たぶん『ワインズバーグ・オハイオ』だったのだろうと、吉田甲子太郎は推測している。

戦後、高橋新吉は「学鐙」(一九七六年十二月号)に発表した「アンダスン回想」のなかでつぎのように書く。『卵の勝利』を読んで「チェホフに劣らぬ魅惑」、「チェホフよりも男性的で、鋭いユーモア」を感じた、と。当時(昭和初期)アンダスンを愛読した日本の詩人、作家、学者たち、高橋新吉をはじめ吉田甲子太郎、さらにその吉田からアンダスンを教えられた尾崎士郎らは、いずれもアンダスンをほめるのにチェホフを引合いに出している。

ところで『卵の勝利』を訳すにあたり、原作者に無断でというのはわるいと考えた吉田甲子太郎は、ファンレターをかねて翻訳の許可を求める手紙を出した。当時は原作者に無断というのはめずらしくなかったらしい。

これにたいしてアンダスンから次のような返事がとどく。――訳して下さると聞いてうれしい。ただ自分の作品はドイツ、スウェーデン、フランス、ロシアなどで翻訳されていて、多少なりとも謝礼をもらっている。貴国の出版社でも同様にしてほしい。

自分の作品はアメリカではあまり人気がなく自分は貧しいから。しかし貴国にそういう慣習がないのなら、無理にとはいわない。

吉田は版元の新潮社と交渉してみたが、結局謝礼は出なかった。そのことを謝る手紙を出すと、かまわない、今後は何でも好きなものを訳してくれ、と寛大な返事がとどき吉田を感激させる。おそらく吉田の手紙の文面から彼の誠実な人柄が伝わり、アンダスンの気に入られたのだろうと大橋吉之輔は書いている。なお『卵の勝利』は一冊六十銭だった。何部刷ったかは不明。

『アンダスンと三人の日本人』をこのあたりまで読んできて、私は自分のアンダスン像——陰鬱で狷介な人物——を修正せざるをえなくなった。

さて時は一九二七年（昭和二）の年末。ますますアンダスン好きになっていた吉田甲子太郎は親しくしていた時事新報の榊山潤から、新年号に誰か外国の作家のものを載せたいがと相談され、アンダスンに原稿を依頼することを引受ける。原稿料はわずか二五ドル（二五円）。当時アンダスンの原稿料はちょっとしたものでも最低一五〇ドルくらいだった。

アンダスンは快諾してすぐに原稿を送ってくれた。ところが吉田は時事新報から受取ったアンダスンへの原稿料を、榊山潤と尾崎士郎の三人で酒を飲んで使いこんでしまう。それで稿料を送るのが遅くなったが、そのさい手紙を添えて、事の次第を率直に打明けて謝った。それにたいするアンダスンの返事は次のようなものであった。どうか気にしないでほしい。そういう立派なことに使われたのなら誇りに思う。自分もその席につらなりたかった。他の二人の友人に会ったら、小生からの敬意の念を伝え、さらに小生のために一杯のサケを傾けるように言ってほしい、云々。いや、まったく泣けてくるような話である。

『ワインズバーグ・オハイオ』の作者は、このような人物なのであった。

私はこの『アンダスンと三人の日本人』によって、著者大橋吉之輔のアンダスンへの関心のふかさが並大抵のものでないことを知った。

それからまた何年か経って、「三田文学」(一九九二年夏季号)に、その大橋吉之輔の「ジョン・アンダスンのこと」と題するエッセイが載ったのをみつけ、早速読んだ。

ジョンはシャーウッド・アンダスンの次男でシカゴ在住の独身の画家だが、狷介孤高の人物であるから近づかぬ方がいいと、大橋は他のアメリカ文学者たちから忠告されていたそうである。ところが前年の夏、旧知のシカゴのボウエン教授宅に逗留中、八十三歳のこの画家の不意の訪問をうける。大橋がシカゴに来ていることを何かで知って、父親のためにつくしてくれたその献身的な努力にたいし礼をのべたくてやって来たのだった。噂とことなり、優しく温かなその人柄に大橋はうたれる。

わずか二ページ半ほどのこのエッセイのなかに、白髪長身の老紳士がパナマ帽を手に、明るい日ざしのなかからほの暗い家のなかに入って来て、中二階の階段の上で待つ大橋の方をにこやかな笑みをうかべて見上げる、そんな初対面の情景が描かれていた。美しいモノクロ映画のひとこまのように鮮やかで、大変よかった。

この文章から受けた印象は、若いころ私が『ワインズバーグ・オハイオ』を始めて読んだときの感動をよびさまし、それとしずかに響き合うかのようであった。

右のエッセイによって私は、大橋吉之輔が二カ月にわたるシカゴ滞在中、人工透析をつづけていたほどの病身であったこと、全二十一巻から成る『シャーウッド・アンダスン全集』（英文）を京都の臨川書店から刊行するほどこのアメリカのマイナー作家に入れ上げていることなどを知った。

右のエッセイのおわりの方で、彼はつぎのように書いていた。

「石の上にも三年どころか、アンダスンの文学と人柄にこだわりつづけて約半世紀、鈍才の自分にも少しは内外の学界のお役にたつことができたと思いながら、他方、私はかねてから自分のことをアンダスン馬鹿と自嘲していた。だが、ジョンの来訪と謝意を聞いた途端に、馬鹿ということばを果報という語に置き替えることにした。同時に、学者とか研究者と称される人たちの一部にある偏狭さ、あるいは足の引っ張り合い、を改めて思い知り、ジョンに近づくな、と私に耳打ちした某教授の顔を思い浮べていた」

これを読んで私は想像した。この人もまたあのワインズバーグの町の住民、「一つの真実を自分のものにして、これこそわが真実といって、それにもとづいて自分の人生を生きようとするとたんにグロテスクな人」と化してしまったあの人々の同類ではあるまいか。この人にとっての「一つの真実」、それがアンダスンだったのだ。……

エッセイはつぎのように結ばれていた。

「それから数日、ジョンとの幸福な交流がつづいたが、そのことはまた別の機会にゆずるとして、最後にひとこと、大学病院での次の透析のとき、中年の気さくな黒人の透析技士が私に近づいてきて、ジョン・アンダスンに会ったんだそうだな、と語りかけてきた。私が頷くと、彼は、あれはいい男だよ、と言ってうれしそうに笑った」

この最後のところを読んでこちらまでうれしい気分になり、また一方的に大橋吉之輔という人が好きになった私は、この六つ年上の、やや古風でいかめしくもある名前の未知の人に手紙を書きたくなり、思いきって筆をとった。

折返しの速さで礼状（葉書）がとどいた。いま確かめてみると一九九二年七月十八日の消印である。ブルーブラックのインキの、太い万年筆の小さな字で次のようにしたためられてあった。

「拙文を面白く読んでいただき、わざわざペンまで執っていただいて、光栄の至りであると同時に、病身の私には非常な励みになります、云々」。そしてこれからも「駄文」を書きつづけると思うが、目にとまったら遠慮なく「ご叱正下さい」とつづいていた。この丁重な礼状に私は恐縮した。

その後、大橋氏のエッセイはその年の「三田文学」の秋、冬、翌九三年の春、夏と四回つづけて掲載された。いずれも見出しに、無造作に書き流されたような本人の筆跡がそのまま用いられていた。

右のエッセイのうち、一九九二年秋季号にのった「宇和島にて」（自殺した息子のことにからんで、日本訪問中のボウエン夫妻を宇和島の寺に案内する話）についてはこれ以前にべつのところで紹介したことがある。

「三田文学」の連載エッセイを読むたびに私は感想を書き送り、その都度、すぐに礼状がとどいた。一度（九二年十月二十三日付）は「慶応病院にて」となっていた。

「透析にかかわる外科的なトラブル」のため再入院しているが、「内科的な問題」はないので、むしろ退屈していると書かれていた。状況はよくつかめぬながら、腎臓の病はかなりわるいらしいと察せられた。

それから約一月後に、退院を知らせる葉書がとどいた。そこにはまた、入院中に私が送った「日本小説をよむ会会報」への礼ものべられていた。この会報（三六一号）で私は氏から贈られたトシオ・モリの小説『カリフォルニア州ヨコハマ町』（大橋吉之輔訳）の紹介と併せて、「三田文学」にのった「ジョン・アンダスンのこと」についても書いておいたのだった。

年が明けて九三年一月三十日消印の葉書には次のようにあった。今年もまた病院で年を越し、一昨日退院した。「病院においておくほど悪くはないが、かといって家に帰すのも不安だ、と主治医が嘆くような宙ぶらりんの状態」だが、当分は家にいてがんばろうと覚悟し、近くの腎センターでの透析も再開した。「三田文学」の次号にもまた何か書かせてもらうので、その準備でいまは気持が張りつめている。

そのエッセイが「三田文学」の九三年冬季号にのった「シェリーかシャンペンか」で、つづいて春季号に「感謝祭の七面鳥」が、夏季号に「エピソード」（亡き妻の回想）がのる。

このうち「シェリーかシャンペンか」は「ジョン・アンダスンのこと」の続篇であるから、これだけを簡単に紹介しておこう。

ジョン・アンダスンの来訪の後、画家であるその人の絵が見たくなってアトリエを訪ねた大橋氏は、父親への感謝のしるしとして数枚の版画を進呈される。それにたいするお返しに近くの酒屋からシェリーかシャンペンをとどけさせようと考えるが、体質的に酒の飲めぬ大橋氏にはどちらが適しいかわからない。値段からみて高価な方のシャンペンにしようと思うが、念のため逗留先のボウエン教授夫妻の意見をもとめると、シェリーにすべきだ、なぜならシャンペンは独身者に贈るべきものではないから、と言われる。それでも気になるので思い切ってジョンに電話で訊ねてみると、それではシャンペンをいただこうと答えた。――以上のような内容である。

ここで少し後にもどる。

このシカゴへの旅には大橋氏の教え子の尾崎俊介氏（当時慶応大学大学院生）が、いわば介護人として同行したそうである。以下同氏によると、*病気をおしてのこの旅の目的は「心の友」であるマーリン・ボウエン教授夫妻に会うことだった。当時すでに八十をすぎていた夫妻と会えるのはこれが最後になるだろうとの思いがつよかったらしい。それだけに別れはつらかった。空港の見送り人デッキにいるボウエン夫妻にむかって大橋氏が機内の窓から手を振るが、夫妻は気がつかない。そこで尾崎氏が窓のブラインドを上げ下げして合図すると、やっと気付いた夫妻が傘を開いたり閉じたりして応えた。それを知って大橋氏は「窓にべったり貼りつくようにして」泣いた。

ついでに書くと、この情にもろい大橋氏は一方で人使いが荒く、最後の数年間、ほとんど付け人同然であった尾崎氏は大いに悩まされたそうである。体調がすぐれず気分が落ちこむと、急に電話で呼びつける。行ってみるととくに用事はなく、書斎で二人きりで（夫人はすでに亡くなっていた）ほとんど口もきかずに何時間も過ごすといったことがよくあったという。


*尾崎俊介『S先生のこと』（二〇一三年、新宿書房）。なお「S先生」というのはアメリカ文学者

の須山静夫をさす。

さて現在、私の手許には大橋氏からの葉書が五枚残っていて、そのうちの四枚は官製はがきで、残る一枚だけは絵葉書である。絵はセザンヌの「卓上の果物と水差し」、日付は（一九九三年）二月二十五日夜となっている。『カリフォルニア州ヨコハマ町』のお返しに私が送った比較的新しい自著の『生の傾き』にたいする礼状である。まだ読んでいないが「パラパラと頁をめくってみただけで、心がおどりました」とある。それに「ノア」の本はこれがはじめてでなく、なつかしく思ったことも書き添えられていた。これから読むのを楽しみにしているとあるが、病状から推して結局は読めずじまいか、読んでも感想を書き送る力はもはや残っていなかったのであろう。この絵葉書が最後の便りとなった。

一方、私はそのころロジェ・グルニエのチェーホフの評伝の翻訳の仕事に没頭していて、チェーホフを読み返したりするのに忙しく、しばらくはアンダスンのことは忘れていた。ところがそのグルニエがまた、私をアンダスンに連れもどすことになる。

右のグルニエの本は表題を『ほらごらん、雪が降っている——チェーホフの印象』

といい、六十の短章をモザイクのように集めてチェーホフの生涯を再構成した一風変った評伝だが、そのなかに「中西部のチェーホフ」と題する一章があった。

グルニエによれば、『ワインズバーグ・オハイオ』の作者はフランスの批評家の間では、ロシアの作家の影響をうけた「中西部《ミドル・ウエスト》のチェーホフ」と見られた。それにたいしアンダスンは「きっとそうだろう。私も多くのロシアの小説家同様、キャベツのスープばかり飲んでいたから」と皮肉たっぷりに応じたそうである。チェーホフみたいだといって高く評価されている日本とは事情がちがう。

さて右の章は、やや唐突に次のような文章で終っていた。

「中西部のチェーホフことシャーウッド・アンダスンは、あやまって爪楊枝を呑みこんで死んだ」

これは何のことだろう。アンダスン研究者の間では有名なエピソードかもしれないが、不明にして私は知らなかった。『女になった男・卵』の訳者谷口陸男による「あとがき」には、アンダスンは「第二次大戦中、非公式的親善使節として四人目の妻エリノアと共に南アメリカに出発したが、途次、パナマで腹膜炎にかかり、一九四一年二月に死亡した」と書かれていた。だがこれでは「爪楊枝云々」がわからない。

この翻訳の仕事中、私は何度か不明の箇所を原作者のグルニエに手紙で質問していた。しかし、たかが「爪楊枝」ひとつのことでわざわざ航空便を出すのも気がひけた。ふとそのとき大橋氏のことを思い出したのである。そこで早速、相手の病状のことなど忘れて氏に教えを乞う葉書を出した。

すると数日経ったある朝、思いがけず電話がかかってきた。いま入院先の病院からかけているのだと前置きして、私の質問に次のように答えてくれた。

アンダスンは一九四一年に国務省の依頼で南アメリカに親善使節として出かけたが、その船上で催されたパーティーでオードヴルの爪楊枝をあやまって呑みこみ、それが因で腹膜炎をおこして死んだ。——それだけを急いで伝えると、私の礼や見舞いの言葉を聞くひまもないように急いで電話を切った。

そのいかにも病み疲れたようなくぐもった声から病状の深刻さを察した私は、すぐにお礼とお見舞いをかねた葉書を出した。

それから何カ月か経った八月に私の訳書が『チェーホフの感じ』という題でみすず書房から出ると、私はすぐに手紙を添えて大橋氏に送った。

その後さらに二、三カ月経った十一月五日付の朝日新聞で、私は氏の訃報に接することになる。死因は肺炎で、享年六十八。慶応大学名誉教授、恵泉女学園大学教授（アメリカ文学）と肩書きばかり記されていて、アンダスン研究には一言も触れていなかった。

*

# 富士正晴という生き方

川は流れるという歌があったような気がする。けれど杭は残る。
どうもこの、残る一本の杭のような気がして仕方がない。だれが？
わたしが、である。
富士正晴

一九三一年（昭和六）の秋、三高一年生の富士正晴は文学の師を求めて奈良の志賀直哉を訪問します。志賀直哉をとくに尊敬していたわけでなく、また大して読んでもいなかった。文芸年鑑で近くに住んでいること、中学時代に愛読した芥川龍之介がほめていたこと、この二つが志賀直哉を選んだ主な理由でした。とはいえ、後から考えると、やはり直観的に何か思い当るところがあったのでしょう。

読んでもらうためにコント風の短篇を用意していたが、急に気が変って詩にしました。

志賀直哉は当時四十八歳、その第一印象を富士さんはつぎのように書いています。

「志賀直哉の立派な容貌と立派な体軀が会うなり小柄のわたしを圧倒した。彼は唇の両端から流れ出る涎を太い拇指と人差指の背でぐいと押し上げるようにふきとっては話をつづけた」(「同人雑誌『三人』成立」)

固くなって(前の晩、緊張のあまり下痢をした)ただ黙って相手の目をじっと見つめるばかりのこの小柄な学生に志賀はいささか手をやいたようで、きみは将棋を知ってるかなどと訊ね、ほとんど知りませんと富士さんは答えます。

何か持って来ているなら見せてごらんとうながされ、詩をさし出すと、志賀は自分は詩はわからんからと言って、京都に住む左翼詩人の中田宗男に紹介状を書く。見栄をはることなく「詩はわからんから」と率直にみとめる志賀直哉のいさぎよさに富士さんは惚れこんだのではないでしょうか。

そのときふと志賀は最近、別れの挨拶にやってきた小林多喜二のことを思い出します。そしてこの気まじめそうな学生が左傾して多喜二のようになってはかわいそうだと、中田宗男への紹介の名刺を破り、あらためて竹内勝太郎への紹介状を書く。竹内とは京都時代に知り合い、詩はわからぬがその誠実な人柄をふかく信頼していたのでした。富士さんは竹内勝太郎がどういう詩人か全く知らない。

当時、三高には伝統ある嶽水会雑誌があり、織田作之助、青山光二、田宮虎彦らがそこに創作を発表していた。そちらへ行こうとせず文学の師につくことを考える、そのへんが、やはり普通の文学青年とはちがうように思えます。

またひとりは小説家に会いに行くのに小説でなく詩を持参し、もうひとりは紹介状の宛先を竹内勝太郎に変更する。このちょっとしたずれというか、くいちがいが富士正晴の運命を決することになったと言ってもいいでしょう。

数日後に富士さんは紹介状をもって、三高から遠くはない浄土寺南田町、現在の〝哲学の道〟に面したあたりの竹内勝太郎の家を訪ねるが留守だった。そのときの富士さんの様子を竹内夫人は後に、「紺絣の着物を着てあらい縞の袴をはいた小さい中学生のようでした」と書いています。

おそらく三高の制帽はかぶっていなかった。天下の三高生などというのを聞くとゲッソリした、と書いているくらいだから。三高を選んだのは全寮制でなく、集団生活を免れうるからでした。

さて、その「小さい中学生のような」三高生は、夫人の顔を見るなりこう訊ねます。

「先生はどんな人ですか」

「うちの先生はよく勉強なさって成長する人は好きですが、勉強をなさらぬ人はおきらいです」と夫人は答えます。さらにべつのところではこう書いている。

「勉強なさらぬ人がお出でになったら、ひとこともものをお言いしませんので、一ぺんお出でになってももう来られぬ方がたんとありましたからです。詩をおやりになる方もめったに来られませんでした。富士さんがあまりにお稚《ちい》さく見えましたので私もえらそうにほんとのことが言えましたのです」（竹内千万子「思い出すこと」、「三人」二十六号　竹内勝太郎追悼号）

夫人は当時二十八歳、その年（一九三二）の三月に、妻を亡くしたばかりの竹内勝太郎のもとへ後妻としてやってきた。もとは京都の祇園の宮川町の芸妓をしていて、いったん引かされた後、訳あって実家にもどっていた、そういう前歴のあるよくできた女性で、京都風の美人だったそうです。

「勉強を」と諭されて富士さんがどう感じたか。「えらいとこに来てしもた」と後悔はしなかったはずです。もともと勉強ぎらいではなかった。いやなことを無理矢理に学ばされるのに我慢ができなかっただけです。

何日か後にあらためて会いに出かけます。当時、竹内勝太郎は三十八歳、京都の市立美術館の嘱託をしていた。すでに何冊かの詩集、詩論集を出していたが詩壇から理解されず、孤立した存在でした。

その竹内勝太郎は富士さんの眼にがっちりした体格の大柄な人で、センチメンタルなものを嫌い、明るく健康的で、いっこうに詩人らしくない、そんなふうに映った。そこが気に入ったのです。おそらく志賀直哉と同じ「男性的気質」を感じとったのでしょう。

ついでに言うと、富士さんの「男性的気質」好みは後々まで変らなかった。酒に酔って泣きながら悩みをうったえる、そんな陰々滅々型の人間を嫌った。陽気な酒、バカ話をして笑うのが好きでした。

さて、よき師にめぐり会えた富士正晴さんは学業そっちのけにして、あらたな「勉強」、詩作に没頭しはじめます。そして出来上った詩を見せに竹内家を訪ね、そのつどだめだと言われるがくじけない。学校の方は入学後の大病（面疔《めんちょう》がこじれて多発性筋炎という病気になり京大病院に三カ月も入院した）のせいもあって落第します。そしてやがて文科（丙類）に入ってきた野間宏と親しくなり、野間とその友人の桑原（のち竹之内）静雄を竹内に紹介。その指導の下にガリ版刷りの同人誌「三人」（季刊）を創刊します。そしてそこに、やっと認められた詩「神々の宴」を発表することができた。四連から成るその詩の最初の二連を、参考までに紹介しておきます。

あゝ、
高い丘を下る赤土の坂。
谷をへだてゝ向ふに
（谷をうづめる屋根の波）
ごらん、
竹林の神々は踊つてゐる。

鶯がなき
山鳩がぼうぼうと老ひてゆく

清水の中を蛇が冷たい腹でくゞる、
赤土の上に斑猫《はんめう》が影を引いてとぶ。

さて、「三人」の創刊号を読んで早速富士正晴に熱烈な共感の手紙をよこした男がいた。井口浩です。彼は左翼運動のため岡山の六高を放校になり高槻の生家にもどっていたのです。富士さんは井口に会いに行き、彼を竹内勝太郎に紹介して第二号から「三人」の同人に加えます。

竹内は弟子たち（彼は若い友人とよんだ）をかわいがり（あるとき夫人にむかって「おれには「三人」という子がいる」と言った）、一軒の家に合宿させて詩の勉強会をひらいたりして熱心に指導します。しかしその態度はきびしくはあるがけっして偉ぶるところはなく、自分も若い友人たちとともに勉強し向上するのだという謙虚さが感じられたと、後に竹之内静雄が書いています。

「三人」が出ると合評会をやった。それは後に富士正晴をして「あんなに緊張した真面目な会合をわたしはそれ以後味ったことがない。妥協も手加減も闇取引も入りこむ隙がなく、年頃と時代に似つかわしい純粋な敵意と友情があった」と言わしめたほどのきびしい修練の場でした（「同人雑誌「三人」について」）。

富士さんはそのときの討論の記録を残しておかなかったことを悔いて、後に「VIKING」を創刊したとき、合評会の記録を「例会記」として残すことにこだわることになります。

しかし厳しいばかりではなかった。そういう集りのときは夫人がすき焼をご馳走してくれ、竹内は弟子たちにもっと肉を食えとすすめた。しかしウソみたいな話ですが酒は一切出なかった。竹内自身酒を飲まなかったし、弟子たちも酒のことなど考えなかった。こういうところも織田作之助らのグループとちがう点でしょう。

そうこうするうちに、富士さんは理科から文科に移りたくなる。師のようにマラルメ、ヴァレリー、アランといったフランスの詩人、思想家のものを原文で読みたい。そこで思い切りよくいったん三高を退学し、ふたたび受験して野間宏とおなじフランス語を第一外国語とする文科丙類に入りなおすのです。

いかにも簡単にみえるこの再入学について、司馬遼太郎は後に紹介する文章のなかで「水を掻い出された池にいつのまにかまた鮒が入ってきてしまっているみたいで」とおどろいていますが、私が思うに、富士さんは浪人時代に予備校で数学と漢文が大へん好きになり、最初の入試でも数学と国語で点をかせげたから入れたのだろうと言っていますから、今回もそうだったのでしょう。

ところが文丙に入ってみると、フランス語の動詞変化が待っていた。それがどうしても憶えられないのは、理科のときドイツ語の冠詞の格変化（デル・デス・デム・デン）が憶えられなかったのと同様だった。定められた法則（文法）を守ることが気質的にできないのです。後年親しくなったドイツ文学者の大山定一さんに「またドイツ語をやろうかと思うが」と相談して、「きみは何でもできるが、外国語だけはだめだ」と言われた。

そういうことがあり、また詩作や「三人」の編集にますます熱中していったあげく、学校の方はおろそかになる。それでもまだ進級する気はあった。ところが試験の前日に空巣に入られ、郵便通帳とともに教科書、参考書のたぐいまで盗まれてしまう。こうして文丙を一年留年し、四度目の三高一年生となるが、またも試験の前夜、疏水べりの〝哲学の道〟を友人と散歩中に蝮《まむし》に咬まれて寝込む。それを聞いて竹内夫人はなげきます。「富士さんてホンマに鈍なお人やなあ」

これについて当の富士正晴は後につぎのように解説しています。

「この鈍なとは普通のいみと重ねて「不運な」といういみである。しかし、その不運は鈍なればこそまねくのでもあるらしいのであった。ナポレオンが部下にするのを最もきらうツイテナイヤツである」（「同人雑誌四十年」）

また落第か。もうどうでもええわ。富士さんは退学を決意するが、師竹内勝太郎をはじめ友人たちは反対です。しかし反対といっても出席日数不足ゆえ、そもそも進級は無理なのでした。

主任の伊吹武彦教授から、今後は真面目に授業に出る旨の誓約書を書いたら教授会で何とかしてやろう、と言われた富士さんは、自分みたいなのが一人いると、三高に入りたい男が一人だけ入れなくなるから、と言って退学をきめてしまった。前代未聞のことで、「さすが三高ですなあ」と伊吹教授は呆れるやら感心するやら。

ところでこれより十数年後に私は京大教養部でこの伊吹先生からフランス語の文法を習うことになるのですが、親しくなったころ、「富士正晴ってどんなひとでしたか」と訊ねたことがあります。すると伊吹さんは「いやぁ、タイヘンなひとでした」ただひとことそう言うなり、はるか往時をかえり見る眼をしたのでした。そうでしょう、「変」のうえに大のつく「大変なひと」、これはいまも変りませんが。

本人はつぎのように回想します。

「わたしの三高時代、四年間の不運な（といって本人はさほど不運とも思わずにいたのが不思議であるが）、事件のまくばりの良さ、適切さ（…）にあきれた。わたしを三高から放り出す何者かの意志が働いているみたいである。その意志と、わたしが詩に熱中して行くことと、うまくセットになっていたのか」（「わが個人的文学体験」）

このようにしてこの「大変なひと」は三高を無事に、「まくばりよく」ヨコに卒業します。「学校は上にばかりでなく横に卒業するという手もある」。けだし名言です。

ところが無事三高を〈卒業〉してから四カ月ほど経った一九三五年（昭和十）の六月二十五日に、たいへんな悲劇が生じる。師竹内勝太郎の急死。友人たちと登っていた黒部の溪谷で足を滑らせて転落したのです。（死体の発見は約一カ月後）。

大きな衝撃をうけた「三人」の同人たちは早速追悼号を出す計画を立て、富士さんはそのための資料として夫人から師の遺稿、日記、師宛の手紙などを譲ってもらう。そして年譜作成のために「日記」に目を通して、はじめて師の経歴を知って驚く、いや感動する。それまで「三人」の同人たちは、師について詩作品以外のことは何も知らずにいたのでした。

京都に生れた竹内勝太郎は、貧しい生活のなかで私立清和中学（後の立命館中学）を二年で中退、後は苦学しながら詩の勉強をつづけた独学の人だったのです。富士さんが弟子入りしたころは京都市立美術館の嘱託で月給は百円。そのなかから四十円を書籍代に使う暮しは、先妻の子供二人をかかえた五人家族の生活をまかなうのにぎりぎりでした。しかし家庭の雰囲気はいつも明るく、貧しさを感じさせるものはなく、「三人」同人たちはよくすき焼など食べさせてくれる千万子夫人のもてなしに甘えていたのでした。

とくに富士さんを感動させたのは、二十代の詩とくらべ竹内勝太郎の晩年の仕事の示す「充実した発展」ぶりでした。一歩一歩倦まずたゆまず前に向って努力すれば遠く遥かなところへ到達できるのだ、かわらを磨いて鏡にするとはこのことだと富士さんは感嘆します。

竹内は若いころ師事していた三木露風から、縁談をすすめられたことがあった。それは金銭的に好条件の、また東京の詩壇へ登場するうえでも有利に思える話でした。それを竹内は断る。「東京も、文壇も、評壇も、第一義的なものと何の関係もない」として「自分の生きている其処で創作する決心をした」、師のこのような言葉、自主独立の気概に富士さんはつよく打たれます。そして師の遺作を世に出すことを自分の一生の仕事、任務としようと決意するのです。

ここでちょっと脇道へ。

生前、富士さんは深夜に一仕事終えるとウィスキーを飲み、酔いにつれて人恋しさが募ってくると親しい人に電話をかけるくせがあった。相手は主に、夜更かし型の京都の学者たち、桑原武夫、貝塚茂樹、吉川幸次郎、松田道雄。また司馬遼太郎もそのひとりでした。

ある晩、その酔っぱらい電話の相手をするのに疲れた司馬が話題を替えて、なぜ富士さんは三高時代に竹内勝太郎という「ごく一般的にいって憧憬者のすくなすぎる詩人」にあれほど傾倒したのか、と訊ねたことがあった。すると富士さんは急に酔がさめたような口調になって「そら、あれやがな」と前置きして、そのわけを語りはじめた。司馬は「氏の中退まで結びついてゆく」その話に感動した。それは「美しいといえば居たたまれぬほどに美しい」話だったと彼は書くが、その内容については、これは酔った勢いでつい口にしたことだろうし、またどこにも書かれてない話だから、と言って明かしていません（「司馬遼太郎「放下のような景色について」、富士正晴『往生記』

跋文)。

この司馬の思わせぶりな文句もあって、私はずっとこのことが胸にひっかかっていました。そしてこのたび司馬の文章を読み返し、「居たたまれぬほどに美しい話」の内容についてあらためて考えてみたのです。そして「氏の中退まで結びついてゆく」の一句から、これは三高中退をきめた富士正晴にたいして竹内勝太郎があたえた励まし、もしくは戒めの言葉、あるいは中学二年で退学した竹内が独学であそこまで到達しえたことへの賛辞だったのではあるまいかと推察したのでした。

もともと富士さんには独学者を尊敬する傾向があった。中学(神戸三中)で国語を習ったデッチという あだ名の和田徳一先生。この人は家が貧しくて、こたつ職人のもとで奉公しながら独学で勉強し、中等教育修了資格、さらに中等教員免許をとった。えらいと思った。作文をほめられたこともあり、富士さんはこの先生が富山の女子師範学校に転ずると、あとを慕って富山の高等学校を受験したりしているのです。

元にもどります。

三高中退後、富士さんはいくつかの臨時の仕事につきながら竹内勝太郎の著作の刊行につとめ、一九四一年(昭和十六)一月に、竹内の詩の数少ない理解者であった高村光太郎と共編で詩集『春の犠牲』を出します。

一九四四年（昭和十九）には徴兵検査で丙種合格の彼にまで召集令状がとどく。そこで竹内関連の資料一切を彼の盟友であった日本画家の榊原紫峰にあずけ、一兵卒として中国戦線、とくに華中、華南を行軍してまわります。けっして死なぬこと、戦時強姦をせぬこと、この二つを鉄則として自らに課し、そのためには「カラスが鳴かずとも、富士がビンタをくらわぬ日はない」といわれるほどの我慢を重ね命をまもりぬき、敗戦の翌年の五月に無事生還します。このあたりのことはこの程度にしておきます。詳しくは『帝国軍隊における学習・序』を読んで下さい。

一九四七年（昭和二十二）十月、富士正晴は「三人」時代からの僚友井口浩、島尾敏雄（神戸の親元に帰っていた）、斉田昭吉、弟の冨士正夫ら九名とともに同人雑誌「VIKING」（月刊）を創刊します。その創刊号の「編輯記」のなかでキャプテン富士はつぎのように書いた。

「さて僕等はいやに値のかさばる黄色（表紙の色）の帆を張ってどちらの方角へ出掛けるのか。僕等の合言葉は何か。それはしばらくたてば僕等にも判ってくるだろう。

僕等は唯航海したいだけで船出する酔狂さも少しは持ち合わせているが、それだけでもないだろう」

こう書いたとき、おそらく富士さんの頭には師竹内勝太郎の「処女航海」の詩句がうかんでいたのではないか。

（前略）
我々は出港しよう。（…）
ただあてもなく
涯もなき水の上を彼方へ
まっすぐに遠く進んでゆきたい、（…）
昔の思ひ出を吹き飛ばさう、
古い陸地につながる綱をたちきらう、
我々の新造船は楽しげに水とたわむれ、
なんと華やかな我々の船出だ。

後に富士さんは「ＶＩＫＩＮＧ号航海記」というエッセイの1に右の詩と同じ「処女航海」という題をつけます。

「VIKING」は普通の文学同人誌ではなかった（いまもそうです）。文壇に認められよう、文学賞を得よう、そういったことは関心外。「存続することを唯一の目的とする」とうたっています。そのためには会としては「無思想、無任務」をかかげ、いかなる文化的・政治的組織からも離れているようつとめた。「僕等の合言葉は何か」。独立不羈。

「悪作賞」というのを設けた。ごつごつした、不器用で粗けずりの、しかしどこか捨てがたい独特の魅力をそなえた、傑作でも駄作でもないけったいな作品を評価しようというのです。富士さんのもっとも嫌うのは、時流に媚びたような小器用な作品でした。

また「VIKING」では、ふつうエッセイとよばれる散文を「雑記」に分類します。既成の枠におさまりきらぬ、ジャンル不明の文章。「雑記」というが文章は雑であってはならず、とくにきびしく批評された。雑記を褒められるのは最高の名誉だと私などは考えていたものです。私自身、永年にわたり同誌に長短の「雑記」を書きながら、自分に合った書法を習得していったのです。既成のジャンルにこだわらぬ私のいまの自由なスタイルは、こうして出来上ったのだと思っています。

久坂葉子（本名川崎澄子）が所属していた「ＶＩＫＩＮＧ」というのは、このような集団だったのです。早熟多才で、また恋多き女であった久坂葉子が同人に加わったのは十八歳のときで、そこに「落ちて行く世界」という小説を発表した。それが東京の編集者の目にとまり、改作、改題を経て「ドミノのお告げ」となって「作品」という雑記に載り、芥川賞の候補になった。この改作に富士さんは大変不満で、後に久坂の作品集を編むさいには元にもどして、題も「落ちて行く世界」で通しています。「ドミノのお告げ」といった風の賞を狙ったあざとさが我慢できなかったのです。

川崎造船の創業者の孫にあたる久坂葉子は戦後没落した家を出て自立しようと悪戦苦闘のすえ、二年後に鉄道自殺をする。二十一歳でした。その二年後の一九五五年に富士正晴は代表作の一つ『贋・久坂葉子伝』を書く。これは本人の言うように「小説」ではなかった。久坂の作品を刊行することを遺族が許さなかったため、久坂の身代りとなって彼女の遺稿のほか日記や手紙類（恋文なども）をゆずりうけ、それでもって久坂葉子という一人のけなげな女性をよみがえらせようとこころみたのでした。竹内勝太郎につづいて久坂葉子。

富士さんが惜しんだのは久坂の小説家としての才能、ましてや芥川賞云々ではなかった。彼女は名門にあたえられる特権を拒み、家から自立するためさまざまな職業についた。また男性関係も複雑だった。そしてそんな自分を罪深い女として責めて命を絶った。

当時、自殺の原因についてさまざまに取沙汰されましたが、そのなかに「生活難」というのがあって、富士さんはそれを金銭上のものではなく「魂の生活難」ととらえます。現代の、何かをやりとげよう、よく生きよう、よく愛しようとして自由を求め、自立を目ざして戦っている女性、彼女らの「生活難」を表しているからこそ、久坂葉子の作品は刊行に価するのだ。

だが、と富士さんはつづけます。久坂葉子は不徹底であった。『女一人大地を行く』の著者のアグネス・スメドレー（毛沢東とともに延安まで行軍した）を見よ、『黙ってはいられない』のパール・バックを見よ、さらに『シャーフェイ女史の日記』を書いた中国の作家丁玲、日本人では鶴見和子。こういった女性たちにくらべると久坂は知性、したたかさ、あるいは柔軟さにおいて劣っていたと口惜しがるのです（「久坂葉子のこと、その他」）。くらべられたご本人はどう思ったか。富士さんが「気持がおだやかになれた」というアルトの声でこう言ったでしょうか。「富士さん、そんなのムチヤよ」と。

さて、この間も富士正晴は竹内勝太郎の遺稿の整理、刊行の仕事をつづけます。この労多くして報われるところの少い作業は約四十年つづき、一九七七年の『竹内勝太郎の形成――手紙を読む』の刊行でひとまず完了する。この「手紙を読む」の「手紙」は竹内のでなく竹内宛のもので、富士さんはその差出人がどういう人物であったのかをいちいち調べた。それに約十年かかったそうです。出来上った本は二段組み約六〇〇ページ、定価七八〇〇円。こんな採算を無視した本が出せたのも『帝国軍隊における学習・序』をはじめ富士正晴の本を何冊も出した未來社の松本昌次氏（現在は影書房）の富士正晴に劣らぬ意地、執念あってこそだったでしょう。

死者をよみがえらせる作業はその後も、いやその前からすでにつづけられていました。

「物在人亡、ものは残れど人は亡しというが、その物の中から人の姿が立ち上ってくるのは別に不思議ではない」（「茫漠たる眺め」、『軽みの死者』）

この「物在人亡」という句はしばしば富士さんのものに出て来ますが、正しくは

「人亡而物在」で、中国の魏の時代の曹植という詩人が早世した娘を悼んで作った「慰子の賦」にある言葉だそうです。「痛人亡而物在」、人が死んだあとに、そのひとが用いていた物が残っている、悲しいことだ。

「人亡物在」、富士流にいえば「物在人亡」。富士さんは井口浩とともに『三人物故詩人四人集』を一九六〇年に編んでいます。むかしの「三人」の同人、尼崎安四、北脇島雄、中村晃、房本弘之の略歴を調べ遺稿を集めた百ページほどのものですが、その「あとがき」のなかで井口浩はつぎのようにのべています。この詩集を編もうと考えたのは、これら若くして死んだ友人たちの書き残した詩が「少なくとも詩だけを目的として書かれたものだ」と信じたからであると。そしてこうつづけます。

「詩は既存の権威に属しないものだから、犯罪者のように扱われるのが必然なのだ。もし詩がこの世の栄光に包まれるようなことが万に一でもありうると思うのは、現代が正しいと思う考えと同じであり、権威に従う詩に飾り玉が必要なことも自然なことだろう」。しかし自分たちが「三人」をやっていたころは、すべてをなげうって詩作にうちこんだものだ。いま齢四十八にして刀折れ矢つきた感のある自分は、これら四人の詩人たちが若い間に見たものをもういちど見直し、それを道連れとして、もうしばらく生きて行こうと思う。
現在の詩人のうちでこんな文章の書ける人が何人いるでしょうか。

時代がさかのぼりますが一九三七年（昭和十二）、大阪府経済部の権度課の雇であった富士正晴は九月から三カ月間、商工省の度量衡講習会に参加するため東京に出張しました。そしてある日、街でばったりと白崎禮三に出会い酒を飲んだ。その後も何回か会うことになるが、あるとき白崎のアパートの部屋で詩稿をみせられ批評してくれと頼まれたことがあった。

白崎禮三というのは三高で同期だったが、織田作之助、青山光二らの仲間で、後に同人誌「海風」に加わっていて、「三人」の富士さんたちとは親交がなかった。三高を中退後、織田のあとを追うようにして上京、肺結核の身で編集者や教員など職を転々としていた。その白崎と東京で偶然出会ったことを三十数年ぶりにふと思い出す。そして彼には詩集がなかったことに気付く。

「織田作之助が生きのびていたら、白崎と大の仲良しだったから、きっと何とかまとめて出版していただろう。今のわたしにはそのような力もないが、ほっておけば白崎の詩も散逸してしまうかも知れない。せめて、三、四夜の交友の記念のためにも、せめてタイプ印刷ででも、彼の詩集を作っておきたいと思った」(『白崎禮三詩集』「あとがき」)

そこで白崎と仲のよかった青山光二に連絡し、協力を得て編集にとりかかります。年譜は青山が引受け、表紙の題字は富士さんが筆で書いた。出版の費用は青山が半分出そうと言い、また桑原武夫がカンパしようと申し出たが、いずれも断り自分ひとりで出した。他人には頼らない、何ごとも自力でやるという心意気、これが富士正晴なのです。

こうして約百ページの小型で簡素な詩集百五十部が非売品として刊行され、ゆかりの人々に配られた。

富士さんはこのように死者を葬うのです。日ごろから知人友人の葬式には行かず、家に残って故人の書き残したものを読み返す。あるいは自力で遺稿を集め整理して刊行しようとつとめる。

『白崎禮三詩集』は新聞で取上げられ、反響があった。白崎の妹の谷村知恵子という京都府の城陽町(現在は市)在住の女性から礼状がとどきます。それによると白崎禮三は最後は敦賀の実家（薬屋）にもどって療養中、二十九歳の若さで死んだ。六人いたきょうだいはみな結核で死に、残っているのは末妹の知恵子だけだった。未知の人から突然送られてきた兄の詩集に彼女はおどろき感謝し、死にたくないと言いつつ死んだ兄のことを思って泣いた。

反響はまた、思いがけぬところからとどく。東京の柴野方彦から電話がかかってきたのです。白崎同様、三高で富士さんと同期ながら織田作之助のグループだった彼は白崎の詩集を見てショックをうけたと言った。この詩集は当然「海風」の同人であった自分たちが出してやるべきであったのにと。

柴野方彦は京都で「世界文学」という雑誌を創刊した男だが、富士さんとはいちど会ったくらいの関係しかなかった。これがきっかけで柴野は富士さんに会いに来たり、電話をかけたりしはじめる。そうしたやりとりを通じて富士さんは彼が最近妻を癌で失ったこと、横浜国立大学在学中の次男が過激派左翼（赤軍派）のメンバーとしてピストルを奪うために警察署を襲い、射殺されたことなどを知ります。やがて連合赤軍事件が生じる。あさま山荘に立てこもる赤軍派と機動隊との攻防のテレビ中継を柴野方彦も富士正晴もそれぞれの思いをこめてながめ、やりきれなさにウィスキー飲んでべろべろになる。そしてしばらくたったある朝、柴野は寝床のなかで死んでいるのを発見される。

早速、富士正晴は「柴野方彦誄」という小説を書く。その最後のところを引用します。

「わたしにとって柴野はやはり暗い闇を後ろにして立っていた白いあごひげの不思議な一個の男であったのだ。それだけか？　それだけでも充足しているではないか、わがこころの中に。哀れなる哉、一個の男。それが男だ」

「柴野方彦誄」が書かれたのは一九八〇年だが、このころから死者を扱った作品が急にふえる。「落漠たる眺め」、「死者が立ってくる」、「老来漫歩自殺行」、「軽みの死者」、「死者たち」。十年ほど前には、「ＶＩＫＩＮＧの死者」というのを書いている。そのほとんどすべてが無名の死者です。有名人については書きたくない。「有名作家の死は死後がことに騒々しい。評論家が多くなりすぎたせいかも知れない。騒々しいと、妙に冷たくなる」（「「ＶＩＫＩＮＧ」の死者」）

くり返します。「人亡物在」。死んでしまって、そのままでは忘れ去られるだろう旧友たち。竹内勝太郎のもとですべてを投げうつようにして詩作に没頭し、若くして生をおえた名も無き詩人たち。彼らの書き残したものからその人が立ち上ってくるのを文章の力によってたすける、死者を立ち上らせることにはげむ、これもまた文学の大切な役目であろう、そう富士正晴は語りかけていると私は思うのです。

すこし話が替りますが、富士さんには「植民地根性について」というどきっとするような題の文章があります。それはつぎのように始まります。

中国の公園に「犬とシナ人とは入るべからず」という立て札が立っている。そこにステッキをついたシナ人がやってくる。彼の名は魯迅という。彼はその立て札の意味がよくわかる。なぜシナ人が立入禁止かわかる。彼にはその立て札を引き抜く力がない。それでステッキを振り上げ、力一杯立て札を叩くだけだ。

「この魯迅のステッキがいつもわたしの頭の中でビュウと音を立てている気がする。そして、その音は、魯迅のこころの中で絶望的に聞えたように、わたしの中でも絶望的にひびいているのかも知れない。しかし、ステッキはビュウとひびかなくてはならない。一人一人の国民の頭とこころの中でビュウ、ビュウとひびいていなくてはならない」

めずらしく断定的なつよい口調です。富士さんはさらにつづけます。植民地根性というのは主人の思想や立場を自分のものと思いこんでいる奴隷の心性である。主人の言いつけをまもり頭を撫でられているうちに、奴隷は自分が奴隷であることを忘れ、まるで主人と同等であるような口を利きはじめる。

この後に久坂葉子の「ゆき子の話」、という小説（後半）の紹介がつづきます。アメリカ軍の施設でタイピストとして働くゆき子が、上司のアメリカ軍将校の性的虐待に耐えかね、ついにその頬をひっぱたく。だが、やがてその将校が朝鮮戦争へ出発すると、居なくなった彼のことが忘れられなくなる。

富士さんはこう結びます。われわれ日本人にはまだ被支配者としての自覚がない。まるで他人事のように自分をながめている。それでもゆき子が米軍将校の頬に加えた一撃は魯迅のステッキの一撃にひとしいと言える。これが独立への一歩なのだと。

この文章が発表されたのは一九五五年（昭和三十）の「思想」（五月号）でした。一九五五年といえばちょうど『贋・久坂葉子伝』執筆のころ。若くして生命を絶った天才文学少女のことを考えながら、富士さんはスメドレーだけでなく魯迅にまで思いをはせていたのでした。この魯迅のステッキの音はときれときれにせよ、最後まで富士正晴の胸に鳴りひびいていたのではないか。

また話が替ります。

一九七八年の春、パリ滞在中の山田に宛てた富士正晴の手紙（四月五日付）より。

その后御機嫌いかがなりや。

パリはやっぱり日本人うじゃうじゃでうるさいですか。この八日は東山荘で「日本小説を読む会」二〇〇号祝賀宴が行われるらしいが、山田仕掛人および多田仕掛人の両人は一人はパリ一人は中国旅行中でちょっとサッパリでしょうな。この中国旅行すでにおきき及びと思うが法然院貫主（橋本峰雄―引用者）を団長に桑原、小川（環樹）両顧問のほかに京大桑原系人多く参加（その中には小説を読む会系も自然多かるべし）おまけに司馬遼太郎は不思議はないが高峯秀子なども まじって（或いはこの女優がきり廻すかもしれん）しかも夫婦組旅行らしいので、まあ珍談あるべしと期待しています。（以下略）

この中国旅行のことは私には初耳だったが、遠く離れたことなので関心はうすく、そのまま忘れていました。ところが後に（というかほぼ同時期に）富士さんは「不参加ぐらし」と題する文章で、まったく別の口調でつぎのように書いているのでした。それによると、自分もこの旅に誘われたが断った、以前の中国政府からの招待とちがって今回は私費だし、費用はみなで出してやるから行ってはどうかと言われたが断った。そしてこうつづける。すこし長いが引用します。

「（前略）おれは意固地で、融通のきかぬ老人なのであろうか。戦争時の記憶がこびりついて解け去ることのない旧弊な変人なのであろうか。むしろ、こういう人間が困り者なのではあるまいか。出掛けて来てもいいということになったら、素直に、行きがかりをさらりと流した気分で出かけ、新しい中国を見て来る素直さがないということは、或いはケシカラヌ心情なのではあるまいか。そういう事も少し気になった。そういう素直さは或いはないのかも知れない。強情なのかも知れない。または、そういう風に容易に素直になれる同国人の感じが好かないために、自分はそういう素直さに背を向けて、大いにかたくなになりたいのかも知れない」

「…であろうか」、「…かも知れない」をくりかえしながら富士正晴は自分自身にむかって念をおしていく。いいか、おれは融通のきかぬ、強情な人間なのだ。日本の社会に同調できぬはぐれ者なのだ。最後までこれで通すぞと。すでにこの数年前の一九七二年一月に、読売新聞のコラムで「杭は残る」という文章を書いていました。

「川は流れるという歌があったような気がする。けれど杭は残る。

どうもこの、残る一本の杭のような気がして仕方がない。だれが？　わたしが、である」

こう書いたとき富士さんは、日本の詩壇に孤立していた師竹内勝太郎の姿を思いうかべていたのではないでしょうか。

またこうも書いた。

「今や日本はベンチャラ時代、サーヴィス時代としか思えぬから、時には日本の文化の公害を周囲から受けているような気がしないでもない。一体どうなるのだろう。わたしは最近になればなる程、日本の戦後と反《そ》りが合わぬ感じがする」（「わたしの戦後」）

そして反りを合わせようとはせずにかたくなさを守りぬいた。同時に、かつて学校をヨコに卒業したように、みずから時代の外にさっさと出てしまった。

時代の外に出た富士正晴は社会からも身をひき、「不参加ぐらし」を宣言して、茨木の竹やぶのそばのあばらやに坐ったまま好きな絵を描き、来る者は拒まず、忘れるために飲みたくない酒を飲み、雑談に興じ、その姿を世間はあるいは隠者とよび、あるいはのんきそうだと評した。そして、そのような人物に会いに茨木の田舎にまで足を運ぶ山田稔などの目には、じっと坐って生きる富士の姿そのものが文学と映ったのではないだろうかと書かれたことがあります。たしかにそういう面もなくはない。しかしいま私が富士正晴を読み直すとき思い浮かぶのは、流れのなかに残る一本の杭の姿であり、孤立をおそれず自立につとめよと説く声です。

「鈍なお人」からあちこち寄り道しながらここまで来ました。しめくくりに富士正晴の「小信一」と題する詩の後半を引きます。一九七八年、六十五歳のときの作です。

のびのびと暮してはおりませんなあ
ひとは　のんきでいいなあというが
主観としては　切ッ羽つまって
やけくそになって　やっと動くですわ

木々草花をながめております　鳥もまた
観賞ではありませんなあ
取り巻かれておるから　見るんですわ
隠者と　ひとはいいますなあ
陰々滅々でありますな　笑っておりますな
ひとは　のんきそうだといいます
黙っておれば　腸が七つ折り
喋れば　胃がむかつきますなあ
書くこと一切気に入らず
読むこと一切苦患なり
先行き　茫々　人生　漠々
人類の象徴は　はばかりながら　わしでっせ

本稿は二〇一四年十一月一日、茨木市立中央図書館において行われた富士正晴記念館特別講演会の講演「富士さんについて、いま思うこと」の内容に加筆し、改題したものである。

*

# 初心忘るべからず

奈良在住のNさん(女性)から粋な絵葉書がとどいた。その写真を見た瞬間、次のフランス語が目にとびこんできた。

JE RAMASSE.

屋根裏部屋の四角い小窓の並ぶいかにもフランス風の淡いクリーム色の建物の手前左手に、外灯の支柱とおぼしきものが立っていて、上の方に縦長の標識というか掲示板状のものが取付けられている。そのいちばん上にJ'AIME MON QUARTIER.(私は私の街を愛しています)と、その下に片手に小さなスコップ状のものを持ち、犬にひもで引張られて前屈みになった黒い人物像。そしてさらにその下に大きくJE RAMASSE.（私は拾います）。これ以上説明は要るまい。

ああ、ついにフランスの街角にもこんな不粋なものが出現するに至ったか。

フランスにはこの手の、人をかつぐようなユーモラスな絵（写真）の葉書があるから、うっかり真にうけられない。しかし……

掲示板の下の余白に、小さな文字で何やら記されている。目をこらして見ると、次のように読めた。

「衛生にかんする県条例九九の二　違反者は三〇〇〇フラン（四五七ユーロ）以下の罰金に処せられる」

やはり本当だったのだ。しばらく前に日本の新聞で、フランスでは犬の糞《ふん》を放置すれば、罰金が課せられることになったという小さな記事をみつけ、あのフランスで、とちょっと疑わしい気持になっていたからである。

犬の糞を飼主が拾う。やっと日本並み、いやもっと厳しい。四五七ユーロの罰金。現在のレートで換算して約六万数千円。安くない。これは最高額だが、罰金の額は一体、何で決まるのだろう。

ところで、この条例は実際に施行されているのか。私がいたころパリでは駐車違反は通常、粋な帽子をかぶった婦人警官が取締まっていたが、路上の犬の糞でも同様であろうか。車はバックナンバーで所有者を特定できる。だが、犬の糞は？　発見するのは簡単、子供にでもできるが、犯行（？）の現場をおさえるのは容易なことではないだろう。疑問はつぎつぎわいてくる。

フランス人の友達に訊ねてみた。すると真面目な顔をして、「たとえば婦人警官が街路樹のかげに身をひそめていて現場を写真にとり、飛び出していって飼主に違反切符をきる、とか……」

防糞カメラ？　日本でもそこまではしないだろう。それにテロ対策で手一杯の今のフランスでは犬の糞どころではあるまい。犬の糞を踏んづけて爆発したといった事件でもおこらぬかぎり。……

以下は以前にも書いたことだが、四十数年前、はじめて憧れのパリを訪れた私をひどく驚かせたのは、路上の犬の糞の多さだった。街の美しさを誇り、その保存にあれほど気をつかうフランス人が、こと犬およびその糞にかんするかぎり、なぜかくも寛容、あるいは無頓着でいられるのか。しばらくは、踏みつけたウンコを呪いながらそんなことばかり考えて暮していた。

その後十年ほど経って、ふたたびパリで暮す機会をえた。状況に大した変化はなさそうであった。

そのころのある日、新聞でつぎのような記事を読んだ。

パリの市議会で一議員が、犬に課税するよう提案した。その税金で「噴水式歩道清浄機」を購入すべし、と。おお、ついにフランス人も目ざめたか。……

税金の額は約三十フラン（当時のレートで換算すれば約千五百円）、犬の大きさにより二段階に分けるという。そりゃそうだろう、ダックスフントとシェパードが同じでは不公平だ。

当時、フランス国内の飼犬の数は約八百万といわれていたから、厳重に課税されたら相当の税収になるはずであった。

だが予想どおり早速、反対論が出た。孤独な老人の友である犬にまで税金をかけるのか。犬を飼うのは自然に触れたいからだ。車の排気ガスによる環境汚染にくらべたら、犬の糞などむしろ健康だ、云々。こんなエコロジストの反論まで出た。

たぶん、糞税の提案は否決されただろう。そして提案した勇敢な議員は、次の選挙で落選したにちがいない。

ところがそれから何年か後にパリを訪れたとき、鮮やかな緑に塗られた車体に白く「パリ衛生局」と記された噴水式歩道清掃車が、早朝の街で活躍しているのを見た。水を噴射しつつ大きな回転ブラシで擦ってから吸い上げる、そんな仕組みのようであった。

いかなる紆余曲折を経てか「パリの美化」を目指す市長ジャック・シラク氏の堅固な意志が受けつがれ、ついに実現されたらしかった。

その後の状況について、これもすでに古くなった資料によるが紹介しよう（二〇〇一年六月二十八日付朝日新聞による）。

八〇年半ばに、例の噴水式歩道清浄車がオートバイ化されたモト・クロット（クロットは犬の糞の意味）なるもの百台が、パリ市内を走りまわる。一日の「収穫量」約十六トン。処理費は年間約七千万フラン（当時）。

九八年には実験的にパリの十三区に犬専用の歩道が設けられたが、役に立たなかった。

またル・モンド紙によると、二〇〇八年の夏のオリンピックの有力候補地だったパリを落選させようと、ライバルの北京のインタネット版新聞が、「こんなに犬のウンコだらけでは開催は無理」と報じたため、パリ五輪組織委員長が抗議した。

それから十余年経った最近のこと、パリの事情にくわしい人に会ったついでに訊ねてみた。

「ところで、犬のウンコは少しはへりましたかね」

「いやぁ、変りませんな。かえって前よりふえたみたい……」

何年か前にフランス南西部、スペイン国境に近いコリウールという海辺のリゾート地で数日を過ごしたことがある。

出かける前に、その町をすすめてくれた友人が言った。そこには〈Pince-à-crotte〉なるものがあるからぜひ手に入れるようにと。〈Pince-à-crotte《パンスアクロット》〉、日本語にすれば〈糞挟み〉または〈糞抓み〉。

町に着いて早速探してみると役場に置いてあって、ただでもらえた。縦二十、横十二センチほどの大きさの軽い厚紙でできた板で、中央の少しくびれたあたりに折り目がすこし間をおいて二つ付いていて、そこで折り曲げると〈パンス〉、つまり〈挟み〉あるいは〈抓み〉になるという、まことに簡素な道具であった。それが紙袋におさまっていて、抓んだものはそのなかに入れよ、ということらしい。

日本でなら飼主がそれぞれビニール袋とスコップを用意するのだが、フランスのリゾート地では役所がこのようなものを提供して、街の美化につとめている。……

ところでこの〈Pince-à-crotte〉、じつは登録商標だそうであった。

真青な地中海に面した美しい海岸沿いの遊歩道を、何人もの老若男女が犬を連れて歩いていた。しかし注意していても、〈パンス・ア・クロット〉を手にしている者はひとりも見かけなかった。そして石だたみのあちこちには干涸びた、あるいは新鮮なそれが相変らず鎮座ましましているのであった。私もまた朝夕、その厚紙の小さな道具を手にして散歩しながら、ただながめているばかり。

かくて〈パンス・ア・クロット〉は、美しいコリウールの貴重な記念品として、今も私の机を飾っている。もちろん新品のままで。

その紙袋にはフランスをはじめ六カ国の言葉でつぎの文句が印刷されてある。そのうちのフランス文を私はときどき誦んじてみる。

J'aime mon chien, je protège l'environnement.

（私は私の犬を愛していて、環境も護っています）

この程度のフランス語なら、この年になっても暗誦できる。ただし犬は飼っていない。

＊

最近、フランスの友人がマチュウ・ペロ作「旗を風になびかせて」と題する短篇小説のコピーを送ってくれた。作者の経歴、作品の発表時期などについては何の説明もない。しかし一読、たちまち初心に立ち戻らされた私は、この快作をひとり占めにせず、ひろく同好の士に知らしめたいという誘惑に抗しきれなくなった。そこで以下、抄訳をまじえつつ内容を紹介することにしよう。

ある晴れた日の午後、ニコラとマチュウの幼い兄弟がパリの五区、カルチエ・ラタンをなにかを探しながらうろついている。ポケットに紙切れと赤と青のマジック、それに爪楊枝を入れて。

まもなく、お目当てのものの第一号がみつかる。うれしいことにパンテオン霊廟の真前に。こいつは幸先がいい。

それはまだ新しく、野菜サラダでもたんまり食ったらしく明るい色をしている。兄弟はポケットから紙を取出し、マジックで青・白・赤の三色に塗り分けて三色旗をこしらえ、爪楊枝にくっつけて突き刺す。それから、そのまわりに白のチョークで円を描いて立去る。

喜び勇んでさらに行くと、こんどは上院の建物の前につぎのが見つかる。これは少し古く、しわがよっている。兄のニコラが言う。

「平気平気、その方がしっかり旗が立つよ」

と、そのとき、彼は横面を張られるのを感じる。見ると一杯機嫌の、軍服姿の男。

「なんてことをするんだ、フランスの国旗を。ふざけるな！　この旗を護るためにどれだけの人間が生命を捧げたか知ってるのか。それを貴様らは、云々」

そう一席ぶちおわると、彼は足もとも見ず上の空で去って行く。自分がそれ、、を踏んづけたことに気づかずに。

一方、お説教の間、弟のマチュウは別の旗をこしらえていて、男が行ってしまうとそれを兄に見せる。どうやらヨーロッパの、つまりEUの旗らしい。赤と青の二色しか持っていないので、彼は星を赤で描いていた。星の数もあやしいが、地の色だけは鮮やかなブルーに塗られている。

「かまうもんか。あのオヤジはフランスの旗だからだめだと言った。ヨーロッパの旗なら文句あるまい」

そう言うとニコラはヨーロッパの旗を半分ほど踏みつけられた糞に突き刺し、フランスの旗は溝に捨てる。

「ほら、フランスの旗はどぶに、ヨーロッパの旗はウンコに」

弟のマチュウが遮って言う。

「見て、見て、このウンコ。あのオヤジ、左足で踏んで行ったよ。ママの話じゃ、エンギがいいんだって」（ここで小説はおわり）

拾っても
抓んでも
洗っても

あとからあとから現れる
そいつはけっして無くならない
不滅だ
永遠だ
Vive la crotte！
〈Je suis CROTTE〉！

## 初出一覧

「生島遼一のスティル」　生島遼一著『春夏秋冬』（講談社文芸文庫）「解説」　二〇一三年二月

「長谷川さんの葉書」　「ぽかん」4号　二〇一四年四月（原題「発掘」）

「ある文学事典の話」　「海鳴り」25号　二〇一三年五月

「一本一合」　「VIKING」七〇二号　二〇〇九年五月

「ある〈アンダスン馬鹿〉のこと」　「海鳴り」26号　二〇一四年五月

「富士正晴という生き方」　二〇一五年二月

これ以外の五篇（「伊吹さん」、「天野さんの傘」、「古稀の気分」、「裸の少年」。および「初心忘るべからず」）は二〇一三年から二〇一五年にかけて書かれた未発表のもの。

**山田　稔**（やまだ　みのる）
一九三〇年北九州市門司に生まれる。作家、元京大教授。
主要著書
『北園町九十三番地―天野忠さんのこと』『富士さんとわたし―手紙を読む』『八十二歳のガールフレンド』『リサ伯母さん』『スカトロジア―糞尿譚』『マビヨン通りの店』『コーマルタン界隈』（以上編集工房ノア）
『別れの手続き』（みすず書房）、『旅のなかの旅』（白水社）、『残光のなかで』（講談社文芸文庫）、『日本の小説を読む』（編集グループSURE）など。
翻訳にロジェ・グルニエ『フラゴナールの婚約者』『黒いピエロ』『チェーホフの感じ』アルフォンス・アレー『悪戯の愉しみ』（以上みすず書房）、『フランス短編傑作選』（岩波文庫）など。

天野《あまの》さんの傘《かさ》
二〇一五年七月十八日発行
著　者　山田　稔
発行者　涸沢純平
発行所　株式会社編集工房ノア
〒五三一―〇〇七一
大阪市北区中津三―一七―五
電話〇六（六三七三）三六四一
FAX〇六（六三七三）三六四二
振替〇〇九四〇―七―三〇六四五七
組版　株式会社四国写研
印刷製本　亜細亜印刷株式会社

ISBN978-4-89271-234-0